民国掌故

春冰室野乘

李岳瑞 著
欧阳跃峰 整理

中华书局

图书在版编目(CIP)数据

春冰室野乘/李岳瑞著;欧阳跃峰整理. —北京:中华书局,2023.6(2024.6 重印)

ISBN 978-7-101-16220-2

Ⅰ.春… Ⅱ.①李…②欧… Ⅲ.笔记小说-小说集-中国-近代 Ⅳ.I242.1

中国国家版本馆 CIP 数据核字(2023)第 088559 号

书　　名　春冰室野乘
著　　者　李岳瑞
整 理 者　欧阳跃峰
责任编辑　杜艳茹
责任印制　陈丽娜
出版发行　中华书局
(北京市丰台区太平桥西里 38 号　100073)
http://www.zhbc.com.cn
E-mail:zhbc@zhbc.com.cn
印　　刷　河北新华第一印刷有限责任公司
版　　次　2023 年 6 月第 1 版
2024 年 6 月第 2 次印刷
规　　格　开本/880×1230 毫米　1/32
印张 8　插页 2　字数 138 千字
印　　数　1501-2100 册
国际书号　ISBN 978-7-101-16220-2
定　　价　36.00 元

目录

前　言

《春冰室野乘》的作者李岳瑞（1852—1927），字孟符，号春冰，别号春冰室主、惜诵、菱兹，陕西咸阳庇李村（今属咸阳市渭城区正阳乡）人。出生于书香门第，其祖父李善容，曾考中进士，入选翰林院；祖母殷氏，祖上曾官至广东陆路提督；外祖父巴陵刘树森，字湘甫，为咸丰朝名士；父亲李寅，字敬恒，亦考中进士，被选为翰林院庶吉士，与晚清陕西名士刘光贲（字焕唐，号古愚）、柏景伟（晚号沣西老农）为至交，尝邀刘光贲为子课读。

李岳瑞自幼秉承家学渊源，熟读经史。师事刘光贲后，学业尤为精进。爰于清光绪八年（1882）考中举人，翌年再中进士，选翰林院庶吉士，散馆后授工部主事，旋迁工部屯田司员外郎，被选为总理各国事务衙门章京，曾参与修筑铁路、开采矿务等事务。

李岳瑞不但在传统的经史诗词方面造诣颇深，而且兼晓天文、地理、数学等自然科学，更时常留心经世之务。曾于光绪十六年（1890）撰写《同治间福建创立船政局考》、《书魏默深筹河篇后》等文章，提出编练水师以护华商、购置枪炮以壮国防等主张。

甲午战争后，国势阽危，救亡呼声日益高涨。李岳瑞积极投身于正在兴起的维新变法运动，先后结识了康有为、梁启超等维新派领袖，并与后来成为出版界巨擘的维新派人物张元济结为莫逆之交。一方面，他主动为《时务报》募集捐款，协助报馆开展发行工作，为宣传维新思想做出了贡献；另一方面，他积极上书，条陈新政事宜，曾建议光绪皇帝废除三跪九拜等繁缛礼仪，撤除或合并翰林院、詹事府等闲散衙门，裁汰各官僚机构中的冗杂官员，向西方国家购买西服以取代长袍马褂。

光绪二十四年（1898）正月，李岳瑞与陕籍京官宋伯鲁等一起在京城创办了关学会，以集结维新力量，并积极参加保国会的活动。是年八月，慈禧太后发动政变，全面扼杀戊戌新政，下令搜捕维新人士。李岳瑞闻讯，立即劝告宋伯鲁等维新派骨干逃出了京师，他本人则躲入意大利驻华公使馆，才免遭杀身之祸。清廷将其“革职，永不叙用”。遂回原籍咸阳家中赋闲，仍与维新人士保持联系，曾与梁启超合著《中国六大政治家》一书。光绪三十一年（1905）秋，应张元济邀请赴上海担任商务印书馆编辑，一度在中国公学兼授国文课程。

民国初年，应北京政府之聘，赴京城担任清史馆编修，为后来成书的《清史稿》撰写了部分初稿。1915年后，曾撰写评论文章刊载于《甲寅》杂志等报刊。1922年回西安，名义上是出任陕西省省长公署秘书长及督办公署秘书，事实上并未承担具体工作。后虽曾应邀担任《咸阳县志》主编，却一直没有动笔。晚年政治上失意，思想消沉，又染上了鸦片烟瘾，不幸于1927年去世，终年七十六岁。

李岳瑞家学渊源深厚，文字功底扎实，虽然只是在政治上遭受挫折时，才有闲暇从事著述，却也有一些著作传世。其主要著作有《菱兹考古塍录》、《郢云词》、《评注国史读本》、《说元室笔乘》、《悔逸斋笔乘》、《春冰室野乘》等，篇幅都不是太大，其中以《春冰室野乘》传播最广，影响最大。

《春冰室野乘》属于笔记体裁的掌故类著作，初版虽标有“卷一”字样，但全书并无其他卷，后曾分为上、中、下三卷，共一百四十三条，有些条目又分为二三则，最长的《都门词事汇录》一条甚至分为七则。就各条目的主题而言，大致可以分为历史人物、历史事件、奇闻异录三大类。其中又以历史人物涉猎最广，内容也最为丰富。诸如：明太祖朱元璋，南明弘光帝，清代雍正帝、乾隆帝、嘉庆帝、道光帝、咸丰帝、光绪帝以及孝圣宪皇后、和孝固伦公主、慈禧太后、珍妃、李莲英等人的事迹，暴露了一些宫廷内幕，乾隆帝八十大寿、其皇后（孝圣宪皇后）寿辰各地官员供奉之巧，令人瞠目；纳兰明珠、和珅、福康安、于敏中、来保、刘统勋、长麟、阮元、曹振镛、杜受田、穆彰阿、奕䜣、宝鋆、倭仁、曾国藩、左宗棠、李鸿章、张之洞、薛允升等人的活动，展示了官场百态，和珅之贪墨与刘统勋、长麟之廉介形成了鲜明的对照；吴伟业、吴兆骞、屈大均、钱谦益、大盲头陀、林则徐、邓廷桢、张荫桓、王鹏运、朱祖谋、张其淦、史念祖、黄遵宪等人著书立说、诗词唱和，均堪称文坛轶事。此外还有反清人物吴三桂、林清、洪大全、石达开，外国来华人物戈登、丁韪良、赫德。其余如管世铭、张问陶、延煦、刘恩溥之直节敢言，郭琇、尹耕云之不畏权贵，杨遇春、多隆阿之武功卓越，阎敬铭之刚正不阿，来保、陶澍之识人，葛云飞、郑国鸿之儒雅，邬先生之神龙见首不见尾，李申耆之机智，大刀王五之侠义，金简、刚毅、玉铭、鲁伯阳之不学无术，都给人留下深刻的印象。尤为难能可贵的是，书中还描述了蔡琬（高其倬妻）、张藻（毕秋帆母）、黄夫人（刘墉妻）、林夫人（沈葆桢妻）、旗人某氏女、河南民家女、明永宁王世子妃彭氏、黄鼎妻、李奉贞（李孟群妹）、韩约素、顾二娘、顾若璞等一批个性鲜明的妇女形象。

历史事件则涉及了太平天国、中法战争、中日战争、义和团运动等大事件，还有文字狱、甲申易枢、德国强占胶州湾等小一点的事件。

奇闻异录则内容十分庞杂，上自交泰殿大钟、正音书院、历书版本等与宫廷、朝政相关的事务，中有科场轶闻、内务府靡费、南河官吏之侈汰、满御史奏疏之荒谬等官场轶闻，下至琉璃厂书肆、云南铜厂、铁路输华之始、“宰白鸭”的陋俗、术士代人饮食等民间社会万象，其中最吸引人的应为乾隆朝伪皇孙案、明太子案、成得大逆案、张汶祥案、杨乃武案、王树汶案等一系列奇案。

李岳瑞任京官长达十六年，交游广泛，熟知掌故，有些记载足以补正史之缺，纠正史之偏，为我们研究清代社会留下了宝贵的资料。

《春冰室野乘》最先于宣统年间分条在《国风报》上刊载，随即由上海广智书局于宣统三年（1911）六月印行。1922 年上海世界书局出版增补本，其实条目、内容俱未增加，所谓“增补”者，应属出版者的营销手段。1926 年上海世界书局再次推出该书，封面仍署“民国十一年再版增补”字样，应系原版重印。该书深受读者喜爱，一度十分畅销，至 1929 年即已经刊出了第六版。30 年代又被收入“关中丛书”第八集，全书被分为上、中、下三卷，后又于书末添加由校对人宋联奎、王健、冯光裕署名的“跋”，由陕西通志馆刊行。国家图书馆所藏该版题签中，出版时间标识为民国二十三年，但校对人所署时间为“民国二十五年十二月”，是该版印行时间应不早于1936年底。

本书根据上海广智书局宣统三年版标点，参用上海世界书局1922年版、陕西通志馆“关中丛书”版校对，并将“关中丛书”版所增之“跋”移附于后。原文错讹改正，用〔 〕表示，衍、漏用【 】表示。对于戊戌戍、晢晳等字形相近的易混字，则径用正字，不再出校。

安徽师范大学历史学院欧阳跃峰

《拣魔辨异录》

《拣魔辨异录》一书，世宗宪皇帝御制，以辟天童僧法藏、宏忍师徒之邪说者也。简端列谕旨一道，计四千一百余言，略谓："佛道以指悟自心为本，利人接物，直达心原。外道、魔道亦具有知见，因误认佛性，谤毁戒行，故谓之'魔'。朕览密云悟、天隐修语录，其言句机用，单提向上，直指人心，乃契西来的意，得曹溪正脉。及见密云之徒法藏所言，全迷本性，无知妄语，不但不知佛法本旨，即其本师悟处全未窥见。其嗣宏忍复有《五宗救》一书，造业无穷。今其魔子、魔孙至于不坐香，不结制，甚至饮酒食肉，毁戒破律，唯以吟诗作文媚悦士大夫。若不翦除，则诸佛法眼，众生慧命，所关非细。朕既深悉禅宗之旨，预识将来魔业之深，不加屏斥，魔法何时消灭？着将藏内所有藏、忍语录并《五宗原》、《五宗救》等书尽行毁板，僧徒不许私自收藏，有违旨隐匿者，发觉，以'不敬'律论。另将《五宗救》等书逐条驳正，案：即此书。刻入藏内，使后世知其魔异，不起他疑。天童密云悟派下法藏一支所有徒众，着直省督抚详细查明，尽削去支派，永不许复入祖庭。果能于他方参学，得正知见，别嗣它宗，方许秉拂。谕到之日，天下祖庭系法藏子孙开堂者即撤钟板，不许说法，地方官即择天童下别支承接方丈。朕但斥除魔外，与常住原自无涉，与十方参学人更无涉。地方官勿误会朕意，凡常住内一草一木不得动摇，参学之徒不得惊扰。奉行不善，即以违旨论。如伊门下僧徒固守魔说，不肯心悦诚服者，着来见朕，朕自以佛法与之较量。如果见过于朕，所论尤高，朕即收回原旨，仍立三峰宗派。如伎俩已穷，负固不服，以世法哀求者，则朕以世法从重治罪”云云。此旨既出，当时督抚非皆谙习佛法之人，不知如何遵旨办理。

书凡八卷，每条先以小字低一格录宏忍原书于前，而以大字顶格书圣制于后，与驳吕留良《四书讲义》体例相同。特彼书为儒臣奉敕编纂，此书则一字一句悉出圣裁耳。按：藏、忍之书既入释藏，其人必非国朝人，但未知其生当何代，当质诸精通内学者。

书中第六卷有一条涉及儒书，因辨《史记》记孔子事之不可信，恭录于此，以见大圣人读书论世之精识。略云：

《论语》言孔子在陈绝粮，不言陈发卒徒围孔子也。《孟子》曰：孔子之“厄于陈、蔡之间，无上下之交也”。《孟子》何为有此言哉？盖当时即有陈、蔡发兵之说，而《孟子》辨之，谓陈、蔡君臣皆与孔子无交，是以适有绝粮之厄，而非有兵戎之患云尔。历来转以《史记》释《孟子》，而《孟子》之意遂不显。按《史记》所载，吴伐陈，楚救之，军于城父，知孔子在陈、蔡间，使人召之。陈、蔡之大夫相谓曰："孔子贤者，其刺讥皆中侯、王之疾，恐至楚而发我阴私。"遂相与发卒徒围孔子，绝粮三日。孔子使子贡告于楚，昭王发兵迎孔子，围乃解。此其为子虚乌有无疑。是时陈、蔡安敢构怨于楚？且吴伐陈而楚救之，楚迎孔子而陈转围之，陈君臣虽至愚劣，安敢当一大国伐我之时，更得罪救我之大国耶？楚使者与孔子俱，陈其并围之耶，抑解围一角而出之耶？楚王闻之，有不即发兵迎孔子，而必待子贡之来告耶？从者皆病莫能兴，子贡独能溃围而出耶？此事之必无者也。且所记孔子告子贡、颜渊曰："匪兕匪虎，率彼旷野，吾道非耶，何以至此？"子贡曰："夫子之道大，故天下莫能容，盍少贬焉？"颜渊曰："不容何病？不容，然后见夫子。"夫颜渊、子贡之贤，岂得谬戾至此？君子当患难，省躬克己则有之矣，安得有忽思改弦易操之理？且道大则于人无所不容，而亦无恶于天下，岂有以道大而转致天下莫能容之事？如果至不容于天下，则必于己实有不韪，天下、国家岂有皆非之理？安得漫然曰"不容何病，不容，然后见夫子”？岂圣贤戒慎、恐惧之心哉？且孔子于子贡之劝以“少贬”则怒而嗤之，于颜渊之言“不容何病”则悦而受之，天下有如是好谀之圣人乎？且曰：“回也，使尔多财，我为尔宰。”于绝粮三日之时，因一语投机，忽欲为弟子主掌家财，尤可谓无谓之极矣。此又理之所必无者也。然则《史记》之言，好事者为之也。

雍乾遗事二则

昔客京师，闻诸故老，世宗、高宗皆好微行，故闾井疾苦无不周知。雍正时，内阁供事有蓝某者，富阳人，在阁当差颇勤慎。雍正六年元夕，同事者皆归家，蓝独留阁中，对月独酌，忽来一伟丈夫，冠服甚丽。蓝疑为内廷直宿官，急起迎，奉觞致敬。其人欣然就坐，问：“君何官？”曰：“非官，供事耳。”问：“何姓名？”具以对。问：“何职掌？”曰：“收发文牍。”问：“同事若干人？”曰：“四十余人。”曰：“皆安往？”曰：“今日令节，皆假归矣。”问：“君何独留？”曰：“朝廷公事綦重，若人人自便，万一事起意外，咎将谁归？”问：“当此差有好处否？”曰：“将来差满，冀注选一小官。”问：“小官乐乎？”曰：“若运好，选广东一河泊所官，则大乐矣。”问：“河泊所官何以独乐？”曰：“以其近海，舟楫往来，多有馈送耳。”其人笑颔之，又饮数杯，别去。明日上视朝，召诸大臣问曰：“广东有河泊所官乎？”曰：“有。”曰：“可以内阁供事蓝某补授是缺。”诸大臣领旨出，方共骇诧间，一内监密白昨夜上微行事，乃共往内阁宣旨。蓝闻命，咋舌久之。后官至郡守。

常州人杨瑞莲者，梁文庄诗正之戚也，依文庄京师。杨工篆、隶书，会乾隆中开西清古鉴馆，文庄因送杨馆中充写官。直八月十三日午后，一伟人科头白袷，徐步而至。杨不知谁何，漫揖之就坐。其人问：“馆中人皆何往？”曰：“悉入闱乡试矣。”问：“君胡独不往？”曰：“恐内廷不时有传写事件，故留此耳。”遂问姓名、籍贯，杨具以对。索观所为书，极称赏。忽数内侍闻声寻至，方知是上，亟蒲伏叩头。上笑颔之而去。次日，语文庄曰：“汝戚杨瑞莲，人甚诚实，篆、隶亦佳，不得预试，殊可惜，可赏给举人。”文庄顿首谢。杨后以修书劳绩议叙，选湘潭令，颇自贵其书。尝忤抚军意，被劾。上曰：“杨瑞莲老实人，朕所深知，所参不准，掷还原奏。”后洊升知州，乃谢病归。

乾隆宫禁遗事三则

乾隆一朝，每岁暮祀灶于坤宁宫。室中正炕上设鼓板，皇后先至，上驾继到，坐炕上，自击鼓板，唱《访贤》一曲，执事官鹄立环听。唱毕，送神，上起，还宫。六十年中无岁不然，至嘉庆时始罢。

圆明园福海之东有同乐园，每岁赐内廷诸臣听剧于此。高庙时，每至新岁特于园中设买卖街，凡古玩、估衣以及酒肆、茶炉无所不备，甚至携小筐售瓜子者亦备焉，开店者俱以内监为之。古玩等器皆先期由崇文门监督于外城各店肆中采择交入，言明价直，具于册。卖去者给直，存留者归其原物。各大臣入园游览，皆竞相购买，或集酒馆、饭肆哺啜，与在外等。肆中走堂、佣保皆挑取外城各肆之声音宏亮、口齿伶俐者充之，每驾过肆门，则走堂者呼菜，店小二报账，司帐者核算，众音杂沓，纷然并作，上每顾而解颐。至燕九日始辍。嘉庆四年高庙上宾，此例遂停。

高宗幼女和孝固伦公主下嫁和珅子丰绅殷德。未嫁时，主常呼和相为“丈人”。一日，上携主游买卖街，和时入直，在焉。售估衣者有大红呢夹衣一领，主悦之。上因语主曰：“可向汝丈人索之。”和亟以二十八金买而进之。主呼和为“丈人”，未知其故。主少时好衣冠作男子状，或因戏为此称耶？

乾隆朝万寿庆典之盛二则

乾隆十六年十一月二十五日为孝圣宪皇后万寿，由西华门至西直门外之高梁桥，经棚、剧场相属于道。各省供奉皆穷极工巧，而尤以粤、鄂、浙三省为最巨丽。粤之翡翠亭高三丈余，广可二丈，悉以孔雀尾为之。鄂之黄鹤楼形制悉仿武昌，唯稍小耳。最奇者，重楼三成，千门万户，不用一土一木，唯以五色玻璃砖砌成，日光照之，辉映数里。浙之镜湖亭，以大圆镜径可二丈许嵌诸藻井之上，而四围以小圆镜数万鳞砌成墙垣，人入其中，一身可化百亿，真奇观也。当时，街衢中惟听妇女乘舆，官吏、士民皆骑马往来，不得乘车、轿，虑拥挤也。熙来攘往，太和翔洽之盛，安得复睹于今日哉？

闻诸故老，高宗纯皇帝八旬万寿时，福文襄为两广总督，其进奉之物系小楠木匣一枚。启之，则一小屋，屋内中置屏风，屏风前一几，几上列笔床砚匣数事。有机藏几下，捩之，则一西洋少女高可尺许自屏右出，徐徐拂几上尘，注水于砚，出墨磨之。墨既成，又从架上取朱笺一幅，铺之几上。即有一虬髯客出自屏左，径就几，搦管书“万寿无疆”四字。书成，掷笔，仍返入屏后。女乃从容收去笔砚，仍置原处，始扃其户而退。闻制此者为院房一吏，制既成，文襄阅之，踌躇曰：“四字如能作满汉合璧，则更佳矣。”吏跽而答曰：“可，容归而思之。”既归，即高卧，至夕乃起。起辄以布一匹紧缠其首，升屋瓦上，坐达旦。如是者三日夜，乃跃然曰：“得之矣。”略增机括数事，于是所书者，居然成满汉文矣。文襄大喜，厚赉之。然其人脑力业已用尽，自此遂不能复记忆一事，平日巧思皆乌有矣。此事传者未免稍过，然询之内府中人，知当时确有此事，特不如言者之甚耳。孰谓吾国人机巧逊皙种哉？

或又云：文襄入都祝嘏，先期以此匣进呈，内监索重贿，文襄靳之。监即正色曰：“机巧之物，非有知识，且为器愈精则愈易破损，设书至‘无’字而机关忽滞，戛然中止，孰则执其咎者？”文襄无以难，竟被摈，不得进御。此则更传闻之误。盖文襄宠眷之隆，内监决不敢勒索重贿，即有要求，以文襄之豪侈亦决不吝此戋戋也。

宣宗冲龄神武

嘉庆癸酉林清之变，贼犯大内，宣宗方在智邸，读书上书房。闻变，诸王、贝勒皆仓黄奔避，宣宗独亲御鸟枪连发，毙二酋。贼错愕不敢前，禁军入，遂悉就擒。仁庙下诏褒异，加封智勇亲王，遂定金匮缄名之局。

人皆仰圣武之布昭，而不知智勇天锡，自髫龄时而已然也。乾隆五十四年，高宗木兰秋狝，宣宗以诸皇孙随扈，时圣龄才八岁。一日至张家湾行宫，上亲率诸王校射，宣宗侍侧。俟诸王射毕，亦御小弓矢连发，中其二。上大喜，拊其顶曰：“儿能连中三矢，当以黄马褂为赉。”果三中之。即置弓矢，跪上前，上问所欲，不对，亦不起。上大笑曰：“吾知之矣。”因命侍臣取黄马褂衣之。仓卒间不得小者，即以成人之衣被之，乃谢恩起。而裾长拂地，不能行，乃命侍卫抱之以归。御制诗集中，有诗纪其事。

德宗皇帝圣德恭纪二则

德宗平生最恶外洋机巧玩物，即钟表亦不肯多置左右。后来崇尚西法，纯出于保国救民之念，而绝无喜新厌故之思，此质诸天地而无憾者。外间所传“某侍郎每召见，必怀西人奇巧玩物数事以进，故圣眷最隆”者，皆谣诼之蜚语耳。秀水沈淇泉太史卫甲午殿试前补行复试，不记何诗题，其结联颂圣处曰：“圣朝崇本务，奇技绌重洋。”阅卷大臣原定一等第十名，及进呈，上特以朱笔密圈，拔置第一人。观此，可以知先皇之俭德矣。

政界之变相始于光绪辛卯、壬辰间，此后遂如丸石走坂，不及平地不止矣。先是，辇金鬻官者必资望稍近，始敢为之。至是乃弛纲解弢，乳臭之子，汛扫之夫，但有兼金，俨然方面，群小之侧目于先帝，亦至是而愈甚。

四川盐茶道玉铭者，都下木商，隶籍内务府，入赀得同知职衔者也。其谢恩召见时，上询：“尔向在何署当差？”对曰：“奴才向在□□。”二字为木厂字号，记者忘之矣。上不解，又问之，则曰：“皇上不知□□乎？□□者，西城第一大木厂也，奴才向充管事。”上哂曰：“然则木厂掌柜耳。木厂生意甚好，何忽弃而作官？”对曰：“因闻四川盐茶道之出息比木厂更多数倍耳。”上是时已怒甚，然犹隐忍未发，复问：“尔能国语乎？”曰：“不能。”“能书汉文乎？”嗫嚅良久，始对曰：“能。”上乃以纸笔掷地，令一太监引之出，于乾清宫阶上默写履历。待之良久，始复命缴卷，仅有

"奴才玉铭，某旗人"数字。字大如茶杯，而脱落颠倒不可辨识，甚者，即"玉铭"两字亦复错讹，不能成书。上始震怒，立命以同知归部候选，而改授张元普为盐茶道。

张元普者，浙中老进士，官谏院多年，贫甚，京察已数届，望一知府不可得，一旦获此，真所谓始愿不及者矣。

玉铭既失官，复归木厂。承办醇贤亲王祠庙大工，以干没巨款，并勾通醇邸内监，盗邸中物售诸西人使馆，事觉，诏提督衙门逮捕，乃披剃为僧，遁入西山佛寺。

先是，有鲁伯阳者，亦以夤缘得官苏松太道。既抵江南，刘忠诚方督两江，知其由来，固靳之，终不令到任。数月后，竟藉事劾去之，奉旨开缺。闻鲁于此缺，先后运动费耗去七十余万，竟未得一日履新任，因愤而入山，着道士服，不复出矣。

京师人谈此两人事者，戏谓之一僧一道也。

德宗外交之大度

光绪乙未，朝鲜既称帝号改元，明年遣使来聘，用敌国礼。廷议："朝鲜吾旧藩，今夜郎自大如此，不如绝之。"上曰："我不能有，而附于日。日既左右之，立国建元，称帝号矣，固俨然邻国也。此与东西诸国宁有少殊乎？我不能拒绝东西诸国之使，奈何独拒朝使？”遂令其觐见，而报以国书如常礼。上之豁达大度、黜虚文而崇实际类此。

戊戌夏，联日议起，始命黄京卿遵宪为出使大臣。故事，实缺道员出使，皆以四品京堂候补。黄时官长宝道，独以三品卿用，盖重其事也。先期令总署恭撰国书，依故事拟草上。上阅之，殊不惬意。因于“大日本国皇帝”之上御笔亲加“同洲同种同文最亲爱”九字，中间词意亦多所改定。书成，命王文勤及张樵野侍郎奉诣日使馆，与日使矢野文雄商榷，而密诏不令李文忠与知。盖文忠仇日甚，不愿联日，而忌者又为蜚语以中之，故上怒遂不解也。未旬日而文忠出总署之命下矣。文雄汉学最深，其觐见颂词，自称独有“外臣”两字，文字略仿《春秋》，辞命颇渊雅。

历书异闻

内廷进御之时宪书，与外间颁行者，其款式绝不相同，用白宣纸印朱丝阑，楷书缮写，一页仅十日，积三页乃成一月。每日所有宜、忌各事皆属国家大政，庆赏、刑威、朝会、游幸之属。姚伯昂先生《竹叶亭杂记》尝载其一条。高宗内禅后，已颁行嘉庆元年宪书。嗣仁宗面谕枢臣，命除民间通行专用嘉庆元年一种外，其内廷进御及中外各衙门与外藩各国颁朔，皆别刊乾隆六十一年之本，与嘉庆本并行，以彰孝敬之诚。自是两本并行者历四岁，至高宗升遐后始已。此见诸《圣训》及《东华录》诸书者也。

江右某学士，于光绪中叶在琉璃厂肆一旧书摊上，购得顺治三十年历书一册，亦系内廷进御之本。印写装潢，色色精丽，且钦天监朱印鲜明如新，决非可以伪为者。遍询故老，竟莫明其故。今此本犹藏学士家中。

乾隆朝伪皇孙之狱

南宋之刘僧遇，自称钦宗皇子者。明末之王之明，皆在乱亡之余。即西汉成方遂之狱，亦当戾园巫蛊之后，大狱甫解，人心未靖，乘机而起，图遂奸私。从未有升平无事之时，忽起非常之疑狱者。若国朝乾隆时伪皇孙一案，则真可异矣。

乾隆五十五年春，纯庙南巡回銮，驻跸涿洲。忽有僧人率一幼童接驾，云系履端亲王次子。王讳永珹，纯皇帝第四子。其侧室福晋王氏，王素钟爱。有他侧室产子，以痘殇，邸中人皆言实为王氏所害。事暧昧，无可究诘，上虽微闻之，然弗问也。至是，乃以童子入都，命军机大臣会鞫之。励堂侍郎保成时为军机司员，察其伪，乃直前披童子颊曰："汝何处村童，为人所绐，乃敢为灭门事耶？"童惶惧，自承树村人，本刘姓，为僧人所教。狱上，斩僧于市，戍童子伊犁。后又于其地冒称皇孙，为松相国筠所斩。保遂以是受知，不数年至卿贰。

明太祖御书墨迹

华阴县东华岳庙，殿后万寿阁地势绝高，登楼一望可数百里。阁之后有一小楼，兔葵燕麦中，游踪罕至者。楼上供明太祖高皇帝御书《梦游西岳文》真迹，其文云：

猗，西岳之高也哉！吾梦而往，去山近将百里，忽睹穿云抵汉，岩崖灿烂而五光。正遥望间，不知其所以，俄而已升峰顶，略少俯视，见群峦叠嶂，拱护周回，苍松森森，遮岩映谷。朱崖突兀而凌空，其豺狼、野鸟、黄猿、狡兔略不见其踪，悄然幂净，荡荡乎峦峰。吾将周游岳顶，忽白雀之来双，蓦异香之缭绕，管弦丝竹之声杂然而来。意试仰观，见河汉之辉辉，星辰已布吾之左右。少时，一神踸言曰："慎哉，上帝咫尺。"既听斯言，方知西狱之高，柱天之势如此。于是乎诚惶诚恐，稽首顿首。再来瞻天，愈觉神殊气爽，体健身轻。俄闻风生万壑，雷吼诸峰。吾感天之造化，必民获年丰，遂举手加额，豁然而梦觉。于戏！朝乃作思，夜必多梦。吾梦华山，乐游神境，岂不异哉！

此迹以墨笔书白油板壁上，作行楷书，字大如杯，书法虽不工，而有奇逸之气，信非臣工所能代为。今尚完好如新，而弃置僻室中，华下人无知之者。贵筑杨君寿彤读书岳庙时，始寻得之。惜地僻，无工摄影术者传其迹于世。

正音书院

人第知明太祖曾使人分赴闽、广教习官音，而不知我朝亦有斯制。闽中诸州县从前皆有正音书院，即为土民学习官音之地。雍正六年，钦奉上谕：

凡官员有莅民之责，其言语必使人人共晓，然后可以通达民情，熟悉地方事宜，办理无误。是以古者六书之训，必使谐声会意，娴习言语，皆所以成遵道之风，著同文之盛也。朕每引见大小臣工，凡陈奏履历之时，惟有闽、广两省之人仍系乡音，不可通晓。夫伊等以现登仕籍之人，经赴部演礼之后，敷奏对扬，仍有不可通晓之语，则赴任他省，又安能宣读训谕、审断词讼，皆历历清楚，使小民共晓乎？官民上下言语不通，必使胥吏从中代为传递，于是添设假借，百病丛生，而事理之贻误者多矣。且此两省之人，其言语既不可通晓，不但伊等历任他省不能深悉下民之情，即身为编氓，亦不能明悉官长之言。是上下之情扞格不通，其为不便实甚。但语言自幼习成，骤难更改，故必徐加训导，庶几历久可通。应令福建、广东两省督抚转饬所属府、州、县有司、教官，遍为传示，多方训导，务使语言明白，使人易通，不得仍前习为乡音。则伊等将来履历奏对可得详明，而出仕地方，民情亦易达矣。

各处正音书院，盖当时遵奉上谕所建，无如地方官悉视为不急之务，日久皆就颓废。惟邵武郡城一所至嘉、道时尚存，然亦改课时文，无有知其建设之意者矣。今朝廷方谋统一全国语言，先朝祖制自不可数典而忘，故亟著之，以饷今之言宪政者。

福　八

明弘光帝小名福八，宫中妃嫔尝教英武〔鹦鹉〕呼之，以为剧谑。沈士柱宫词所云“英武〔鹦鹉〕金笼唤御名”者是也。见黄梨洲《思旧录》。

明故太子之异闻

弘光南渡时，王之明一案卒召亡国之祸，人皆知之，而不知前此北都已有故太子出见之事。钱轵《甲申传信录》载其事颇详，而他书不少概见，爰亟录之。

顺治元年十一月，忽有一男子随一内侍投故嘉定伯周奎府中，自称故明太子。奎侄铎引与长平公主相见，抱头痛哭。奎饭之，举家行君臣礼。太子言：“城陷之日，独出，匿东厂门一日夜。潜出至东华门，投豆腐店中，店小儿易予以敝衣。居五日，送至崇文门外一尼庵。留居半月，而内侍来，遂携归其家，藏诸密室。今闻公主在，故来。”傍晚，哭别而去。数日，复至，公主赠一锦袍，密戒云：“慎勿再至。”十九日又至，奎留宿，语之曰：“太子自诡姓刘，为书生，庶可免祸。否，即向官府究论。”太子不从，逐之门外，遂以犯夜被擒。刑部山东司主事钱凤览勘其事，讯内侍旧臣，共言："此真太子。"旧司礼监王德化亦言其真。百姓观者数千，皆应声呼真太子。是日，送入殿中廷勘之，太子言宫中事悉无讹。召故锦衣官尝侍卫东宫者十人讯之，十人同声对曰："真也。"独故晋王执以为非是。遂下太子及常侍内监、锦衣十人于狱。凤览上疏力争，略曰："前太子危地也，何所觊觎而假之？"京师商民各具疏请释太子，又有宛平民杨时茂者，上疏请"将茂身肉剁为泥、骨锉成粉，以赎太子"，顺天府民人杨博等亦疏请"留故太子以奉明祀"。疏上，悉留中。此案遂不知其究竟，然大略可睹矣。此案罕见纪载，即亭林、南雷两先生亦不知之，当时秘密概可想见。

交泰殿大钟三则

尝读沈侍郎初《西清笔记》，中一则云："交泰殿大钟，宫中咸以为准。殿三间，东间设刻漏，一座几满，日运水斛许贮其中，乾隆以来久废不用。西间则大钟所在，高大如之，蹑梯而上，启钥上弦，一月后始再启之。数十年无少差，声远直达乾清门外。犹万历时旧制也。于文襄执政时，每闻钟声必呼同直者曰：‘表可上弦矣。’”今久不闻此声，问之内廷官吏，亦无知者。

《西清笔记》又云：“内府有一钟，下格有一铜人，长四五寸许，屈一足跽，前承以沙盘。钟鸣时，铜人则一手执管于盘中划沙，作‘天下太平’四字，钟声寂而书竟矣。闻亦利玛窦初来时所制者。”

记此，因忆刘继庄献廷《广阳杂记》云：“江宁孝陵之侧为灵谷寺，古刹也。其大殿中悬古景阳钟，钟周界为二十有四罫，罫各悬一杵，清浊高下各自为律，依时递报。久闻者辨为何律，即知已至何时矣。”此则必非西人所作。然使不明声化学者，又何以为之？吾国中数百年前已有如是绝艺，而竟不获传，并其姓名而不可知，惜哉！

又，国初闽中最多绝技，相传有漳州孙细娘之小自鸣钟，高仅一寸，而报时不差分毫。莆中姚朝士之测晷仪器，不拘北极高下，皆可得真晷刻。而其器悉不传，并其名亦在若有若无间矣。

明太傅遗事

纳兰太傅明珠为康熙时权相，卒以贿罢。而生平驭下极严，以故当政柄十余年，而门客、家奴无敢为城狐社鼠之行者。其智计亦足多也。太傅既贵，乃广置田产，分命诸奴仆主之，厚加赏赉，使人人充足，而严禁其干预外事。立主家长一人，综理家务，诸奴有不法者，许主家长立毙杖下。即幸免而被逐，亦无他人敢容留者，曰：“伊于明府尚不能存，况他处乎？”故其下爱而畏之，莫敢不奉法者。

太傅虽罢黜，而后嗣奕世富豪，为满洲世家冠。至裔孙成安，忤和相，坐法籍没。其所庋珍玩，有天府所无者。或有以此事证《红楼梦》一书为演太傅家事者，则误矣。盖成安籍殁时，距太傅执政已及百年，其时代迥不合也。

徐健庵遗事

唐人通榜之法，士大夫公然行之，不以为疑。自糊名易书之制行，此等事遂不概见。徐健庵尚书贵盛时，其中表杨某者，官翰林。一日，徐屏人语之曰：“欲主顺天乡试乎？”杨唯唯。健庵又曰：“若是，则吾有一名单，君入场，当留心物色之。”未几，顺天考官诏下，杨果得正主考。方摒挡入闱，健庵使其仆持一缄至，启视，则名单一纸，累累数十人，下悉注关节字句，皆当时名士也。杨入闱，悉如其指。榜发，都下大哗。言官以其事上闻，圣祖降旨，定期亲讯。杨窘甚，求救于健庵。健庵从容慰之曰：“子姑归，毋恐，狱行解矣。”杨惘惘归，恐惧犹未释，已而竟无事。后始知有一近臣面奏言：“国初以高官厚禄羁縻汉儿，犹拒而不受，今一举人之微，乃至输金钱、通关节以求之，可见汉儿辈皆已归心朝廷，天下从此太平矣，敢为皇上贺。”圣祖闻奏，为之解颐，故竟寝其事不究。然此人亦健庵所使也。

郭华野遗事

郭华野总宪琇，康熙中由江南县令行取御史。其劾明太傅珠一疏，至今为人传诵。闻其上疏时，适直太傅诞日，贺客满堂。郭公既递封事，出朝，即命驾之太傅宅求见。盖自行取入都，未尝一履时宰门。太傅闻其来，则大喜，不啻王毛仲之得宋璟也，急延之入。众愕然，胥谓此老崛强，何忽贬节若此？郭公入，长揖不拜，而数引其袖，若有所陈。太傅益喜曰：“侍御亦有诗章相藻饰乎？”公正色曰：“非也，弹章耳。”因出疏草以进。太傅受读未毕，公徐徐长揖曰：“郭琇无礼，应罚。”自饮一巨觥，趋而出。有顷，太傅听勘之旨下矣。嗟夫！使华野生于今日，亦不过追随二霖后，款段出都门耳。太傅虽以好货闻，然其优礼士大夫，又岂今人之所及耶？

高文良公夫人之能诗

高文良公其倬为康熙朝名臣，其夫人蔡氏，名琬，字季玉，绥远将军毓荣之女，而尚书珽之妹也。将军平吴逆有大功，而尚书在雍正朝与李穆堂侍郎、谢梅庄侍御以名节相砥砺，为田文镜所构，下狱，几死。夫人濡染家学，博极群书，诗词之外，兼通政术。文良扬历中外，奏疏、文檄出自闺中者居多。

文良巡抚江苏，与总督某不合，屡为所倾。而文良卓然孤立，终不肯稍附和。偶咏白燕得句云“有色何曾轻假借”，对句未就，属思久之。夫人询其故，具以告，乃援笔代为属对曰“不群终恐太分明”，盖风之也。

夫人诗集不传，世仅传其《九华寺》一章，曰：

萝壁松门一径深，题名犹记旧铺金。

苔生尘鼎无香火，经蚀僧厨有蠹蟫。

赤手屠鲸千载事，白头归佛一生心。

征南部曲今谁是，剩有枯禅守故林。

盖为绥远作也。

方三藩之始叛也，朝廷犹沿开国故事，以诸王、贝勒督军，不肯委兵柄汉大臣。然是时去开国垂四十年，当时百战健将代谢已尽，子孙袭爵者席承平久，皆不知军旅为何事，即八旗劲旅亦稍稍脆弱。致吴逆席卷湖南、江西，所至如破竹。诸大帅皆拥重兵云集荆襄，不敢遣一旅渡江与贼角。幸三桂已老，颇持重，不敢轻进。使从诸将计，以偏师济江而北，胜负之数未可知也。诸帅既无功，朝廷始不得不用汉人。于是，绥远及赵、王诸将始乘时而起，克蒇大功。然满诸帅忌之愈甚，赵忠襄被劾，几不免。赖圣祖仁明，始得保全。而绥远竟罣吏议，夺爵削职。于是，弃家归空门，谢绝宾客，长斋奉佛以终。九华寺实其杖锡处也。

鸦片遗闻

人知道光朝烟禁之严，吸食者罪至缳首，而不知国初时已禁令森严，特罪未至死耳。世宗时曾敕部议奏，通行禁止，贩者枷、杖；再犯，边远充军。偶读朱批谕旨，得一事，可备禁烟掌故。

雍正七年，福建巡抚刘世明奏称："漳州府知府李国治拿得行户陈远私贩鸦片三十四斤，业经拟以军罪。及臣提案亲讯，则据陈远供称：'鸦片原系药材，与害人之鸦片烟并非同物。'当传药商认验，佥称：'此系药材，为治痢必需之品，并不能害人。惟加入烟草同熬，始成鸦片烟。'李国治妄以鸦片为鸦片烟，甚属乖谬，应照故入人罪例具本题参"云云。阅之不禁失笑。执今日之人而语以鸦片非鸦片烟，虽三尺童子犹嗤其妄。而当时刘世明敢以此语欺谩于圣主之前，诚以当时吸食者绝少，尚不识鸦片为何物耳。然此物初入中国，宫禁先受其毒，明神宗三十年不召见廷臣，即为此物所累故也。以世宗之旧劳于外，而竟不知鸦片烟为何状，本朝家法之严明，于此益可见矣。

田文镜之幕客

田文镜在雍正朝为河东总督，得君之专，与李敏达、鄂文端为鼎足，一时大臣无与伦比。世传其幕客邬某事，颇奇特，因撮记之。

邬某者，绍兴人，习法家言，人称之为邬先生。文镜之开府河东也，罗而致之幕下。邬先生谓文镜曰："公欲为名督抚耶，抑仅为寻常督抚耶？"文镜曰："必为名督抚。"曰："然则任我为之，公无掣我肘可耳。"文镜问将何为，曰："吾将为公草一疏上奏，疏中一字不能令公见。此疏上，公事成矣。能相信否？"文镜知其可恃也，许之。则疏稿已夙具，因署文镜名上之。盖参隆科多之疏也。隆科多为世宗元舅，颇有机干。世宗之获当璧，隆科多与有力焉。既而恃功不法，骄恣日甚，上颇苦之，而中外大臣无一敢言其罪者。邬先生固早窥知上意，故敢行之不疑。疏上，隆科多果获罪，而文镜宠遇日隆。

已而文镜以事与邬先生龃龉，渐不用其言，邬先生愤而辞去。自此，文镜奏事辄不当上意，数被谴责。不得已，使人求邬先生所在，以重币聘之返。邬先生要以每日馈银五十两，始肯至。文镜不得已，许之。邬先生始再至大梁，然不肯居抚署中，辰而入，酉而出。每至，见几上有红笺封元宝一铤，则欣然命笔。一日或偶阙，即翩然去。文镜益严惮之，圣眷渐如初。

是时，上亦知邬先生在文镜幕中，文镜请安折至，有时辄批："朕安，邬先生安否？"其声动九重如此。

邬先生一身客大梁，无妻妾子女，每日所得之五十金，持之归，或以施振贫乏，或剧饮妓馆中，必不留一毫忽至次日也。后文镜卒，邬先生去大梁，他督抚闻邬先生名，争以厚币聘之，而竟不得所在。久之，或言邬先生已被召入禁中矣。

于文襄出缺之异闻

金坛于文襄在高宗朝为汉首揆，执政最久，恩礼优渥。辅臣不由军功而锡世爵者，桐城张文和廷玉而外，文襄一人而已。新疆底定时，文襄以帷幄赞襄之劳，锡一等轻车都尉世职。

然世颇传其非考终者，云："文襄晚年，偶有小疾，请假数日，上遽赐以陀罗经被。文襄悟旨，即饮鸩死。"往者闻萍乡文道希学士谈此，方以为传闻之辞，绝无依据。顷者读武进管缄若侍御《韫山堂集》，有代九卿公祭文襄文，中四语云："欲其速愈，载锡之参，欲其目睹，载赗之衾。"乃知陀罗经被之赏，固当时实录也。经被之为物，凡一二品大员卒于京邸者，例皆有之，并非殊恩异数。以文襄膺眷之隆，身后奚虑不能得此，而必及其未死以前，冒豫凶事之戒，使其目睹以为快耶？此中殆必别有不可宣布之隐，故特藉两汉灾异策免三公故事，以曲全恩礼，如孝成之于翟方进耳。

国朝雍正以前，汉大臣居政地者，虽无赫赫之功，然大抵硁硁自守，不肯以权势自肆。洎张文和当国，风气始一变，而文襄实承其衣钵。士大夫之浮薄者纷纷趋其门下，权势赫奕，炙手可热。国初诸老刚正谨厚之风，至是乃如阙文乘马矣。裕陵之聪察，岂有不烛其隐者？文襄之祸，实由自取。

昔文和晚年以致仕归里，陛辞日，要请宣布配享世宗朝廷之旨，致触圣怒，下诏谴责，撤其配享。及其薨也，以配享为先朝所许，复下诏还之，其用意殆与此举同。英主之驾驭臣工，真有非常情所能测度者矣。

来文端之知人

文端公来保为乾隆朝宰相，生平最善相马，一时有九方皋之目。乃其知人之明，亦有不易及者。

文襄公兆惠，微时甚贫窭，生未逾月，父母俱亡，育于姑家。七八岁时，已长大如成人，力敌百夫。偶过市，见群不逞聚殴一人，兆勃然，挥拳奋击，皆披靡，鸟兽散。方欲追击，一道人从后掣其肘，即随之去。至西山深处一茅庵中，留教拳勇，且口授以兵法，半年乃归，姑以为已死也。

既而入营就步粮，为街卒。文端兼摄步军统领，见诸卒泼水不过寻丈间，兆独远及数十丈外，异之，呼与语，甚戆，命鞭之，如击石焉。大呼曰："性耐刀锯耳，不堪鞭棰也。"文端见其状貌，已奇之，闻言，益大异。令明日至府面试，挽强命中，挥刀运石，力大无穷。与谈行军纪律，侃侃而言，动中窾要，文端益大喜。次日入朝，见上，叩头贺曰："臣为国家得一奇士，街卒兆惠，其人虽微贱，真大将才也。"即日召见，命之射，九发皆中，立授一等侍卫。后平定西域，数建大功。

大臣微行二则

刘文正之以宰相督中牟河工也，一夕出馆舍，微行河干，见乡民舆送秫秸者数十车，俱露宿河干，人牛皆饥疲，莫能兴，老少相对饮泣。异而询之，则对曰："吾等皆某县民也，去此三日程。奉县官檄，输送秫秸至此，而收料某委员，每车索钱数缗，钱不出，料不入。吾辈窭人，安所得钱？淹留已将旬日，所赍已罄，即欲逃归亦不可得，是以泣耳。"公闻言，疑信参半。乃语之曰："吾亦来输料者，与某官手下人素相知，顷已缴矣，今当为汝等代缴之。”乃驱其一车去，至料厂，诣某委员处。某见其面目光泽，衣履鲜洁，疑为乡间富室也，乃倍索钱十余缗。公略与辨，辄大怒，令从者以鞭笞驱之出，而扣留其车、牛。公急驰回馆，立命材官持令箭缚某委员至，一面召河帅议事。某至，略诘数语，即命牵出斩之。河帅亟长跽为缓颊，良久乃命释回，以重杖杖之数十，荷以大校，枷号河干。诸厂委员悉震慑失次，而乡民输料者，随到随收，无敢稍留难矣。

长牧庵相国麟巡抚浙江，闻仁和令某有贪墨声，乃微行访察之。一夕遇令于途，直冲其卤簿而过，隶役方呵叱，令识为公，急降舆谢罪。公问何适，以巡夜对。公哂曰 :“时仅二鼓，出巡无乃太早？且巡夜所以诘奸，今汝盛陈仪卫，奸人方引避不暇，何巡察为？无已，其从我行乎？”乃悉屏从人，笑谈徐步，过一酒肆，曰 :“得无劳乎？与子且沽饮。”遂入，据坐，问酒家 :“迩来得利何如？”对曰 :“利甚微，重以官司科派，动多亏本。”公曰 :“汝一细民，科派胡以及汝？”酒家颦蹙曰 :“父母官爱财若命，不论茶坊、酒肆，每月悉征常例，蠹役假虎威，且取盈焉，小民何以聊生？”因历述令之害民者十余事，不知即座上客也。公曰 :“据汝言，上官独无觉察乎？”曰 :“新巡抚闻颇爱民，然初到，一时何能具悉？小民亦胡敢越诉？”公略饮数杯，付酒钱出，笑语令曰：“小人言多已甚，我不轻听，汝亦勿怒也。”行数十武，忽曰：“此时正好徼巡，盖〔盍〕分道行矣？”令去，公复返至酒家，叩门求宿。对以“非寓客处”。公曰：“固知之，我此来非以求宿，特为护汝来耳。”酒家异其言，留之。夜半，剥啄声甚厉，启视，则里胥、县役持朱签来拘卖酒者。公出应曰：“我店东也，有犯，我自当，与某无涉。”胥役固不识公，叱之曰：“本官指名拘某，汝胡为者？”公强与俱，至署，令升座，首唤酒家，公以毡笠蒙首，并绾登堂，令一见大骇，免冠叩首。公升座，索其印去，曰：“省得一员摘印官也。”

和珅供词

宣统庚戌秋，北游京师，从友人某枢密处获睹嘉庆初故相和珅供词。用奏折楷书，犹是进呈旧物。惜仅存四纸，不过全案中千百之一。其讯与供亦多不相应，盖又非一日事矣。录而存之，以见当时狱事之梗概。

一纸系奉旨诘问事件，凡两条：

一问和珅：“现在查抄你家产，所盖楠木房屋僭侈逾制，并有多宝阁及隔段样式，皆仿照宁寿宫安设，如此僭妄不法，是何居心？”

一问和珅：“昨将抄出你所藏珠宝进呈，珍珠手串有二百余串之多。大内所贮珠串尚只六十余串，你家转多至两三倍，并有大珠一颗，较之御用冠顶苍龙教子大珠更大。又真宝石顶十余个，并非你应戴之物，何以收贮如许之多？而整块大宝石尤不计其数，且有极大、为内府所无者，岂不是你贪黩证据么？”

一纸系和珅供词，凡三条：

“奴才城内原不该有楠木房子。多宝阁及隔段式样，是奴才打发太监胡什图到宁寿宫看的式样，仿照盖造的。至楠木都是奴才自己买的。玻璃柱子内陈设都是有的。总是奴才胡涂该死。”

又：“珍珠手串，有福康安、海兰察、李侍尧给的。珠帽顶一个，也是海兰察给的。此外，珍珠手串原有二百余串之多，其馈送之人一时记不清楚。宝石顶子，奴才将小些的给了丰绅殷德几个。丰绅殷德为和珅子，即尚和孝公主者。其大些的，有福康安给的。至大珠顶是奴才用四千余两银子给佛宁、额尔登布代买的，亦有福康安、海兰察给的。镶珠带头是穆腾额给的，蓝宝石带头系富纲给的。”

又：“家中银子，有吏部郎中和精额于奴才女人死时送过五百两。此外，寅著、伊龄阿都送过，不记数目。其余送银的人甚多，自数百两至千余两不等，实在一时不能记忆。再，肃亲王永锡袭爵时，彼时缊住原有承重孙，永锡系缊住之侄，恐不能袭王，曾给过奴才前门外铺面房两所。彼时，外间不平之人纷纷议论，此事奴才也知道。以上俱是有的。”

又一纸亦系供词，而问词已失之，凡十四〔七〕条：

“大行太上皇帝龙驭宾天，安置寿皇殿，是奴才年轻不懂事，未能想到从前圣祖升遐时，寿皇殿未曾供奉御容；现在殿内已供御容，自然不应在此安置。这是奴才胡涂该死。”

又：“六十年九月初二日，太上皇帝册封皇太子的时节，奴才先递如意，泄漏旨意，亦是有的。”

又：“太上皇帝病重时，奴才将宫中秘事向外廷人员叙说，谈笑自若，也是有的。”

又：“太上皇帝所批谕旨，奴才因字迹不甚认识，将折尾裁下，另拟进呈，也是有的。”

又：“因出宫女子爱喜貌美，纳取作妾，也是有的。”

又：“去年正月十四日，太上皇帝召见时，奴才因一时急迫，骑马进左门至寿山口。诚如圣谕：‘无父无君，莫此为甚。’奴才罪该万死。”

又：“奴才家资金银、房产现奉查抄，可以查得来的，至银子约有数十万，一时记不清数目。实无千两一锭的元宝，亦无‘笔一枝’、‘墨一匣’的暗号。”

又：“蒙古王公，原奉谕旨是‘未出痘的不叫来京’。奴才无论已未出痘都不叫来，未能仰体皇上圣意。太上皇帝六十年来抚绥外藩，深仁厚泽，外藩蒙古原该来的，总是奴才胡涂该死。”

又：“因腿痛，有时坐了椅轿抬入大内，是有的。又，坐了大轿抬入神武门，也是有的。”

又：“军报到时，迟延不即呈递，也是有的。”

又：“苏凌阿年逾八旬，两耳重听，数年之间由仓场侍郎用至大学士，兼理刑部尚书。伊系和琳儿女姻亲。这是奴才胡涂。”琳，珅弟也。

又：“铁保是阿桂保的，不与奴才相干。至伊犁将军保宁升授协办大学士时，奴才因系边疆重地，是以奏明不叫来京。朱珪前在两广总督任内，因魁伦参奏洋盗案内奉旨降调，奴才实不敢阻抑。”

又：“前年管理刑部时，奉敕旨仍管户部，原叫管理户部紧要大事。后来奴才一人把持，实在胡涂该死。至福长安求补山东司书吏，奴才实不记得。”

又：“胡季堂放外任，实系出自太上皇帝的旨意。至奴才管理刑部，于秋审情实、缓决，每案都有批语。至九卿上班时，奴才在围上，并未上班。”

又：“吴省兰、李潢、李光云都系奴才家的师傅，奴才还有何辨呢？至吴省兰声名狼藉，奴才实不知道，只求问他就是了。”

又：“天津运同武鸿，原系卓异交军机处记名，奴才因伊系捐纳出身，不行开列，也是有的。”

又清单一纸，开列：

正珠小朝珠三十二盘

正珠念珠十七盘

正珠手串七串

红宝石四百五十六块，共重二百二十七两七分七厘

蓝宝石一百十三块，共重九十六两四钱六分八厘

金定、金叶二两平，共重二万六千八百八十二两

金银库所贮六千余两

按：此单与世传籍没清单多寡迥殊，当是初供，未肯吐实。惟正珠小朝珠一事，传抄本无之。

纪和珅遗事四则

高宗纯皇帝之训政也，一日早朝已罢，单传和珅入见。珅至，则上皇南面坐，仁宗西向坐一小机。每日召见臣工皆如

此。珅跪良久，上皇闭目若熟寐然，口中喃喃有所语。上极力谛听，终不能解一字。久之，忽启目曰："其人何姓名？"珅应声对曰："高天德，苟文明。"上皇复闭目诵不辍。移时，始麾之出，不更问讯一语。上大骇愕。他日，密召珅问曰："汝前日召对，上皇作何语？汝所对六字，又作何解？"珅对曰："上皇所诵者，西域秘密咒也。诵此咒，则所恶之人虽在数千里外，亦当无疾而死，或有奇祸。奴才闻上皇持此咒，知所欲咒者，必为教匪悍酋，故竟以此二人名对也。"上闻之，益骇。知珅亦娴此术，故上皇宾天后，数日即诛珅。

珅伏诛时，谕旨谓其"私取大内宝物"，此实录也。孙文靖士毅归自越南，待漏宫门外，与珅相直，珅问曰："公所持何物？"文靖曰："一鼻烟壶耳。"索视之，则明珠一粒，大如雀卵，雕成者也。珅赞不绝口，曰："以此相惠，可乎？"文靖大窘曰："昨已奏闻矣，少选即当呈进，奈何？"珅微哂曰："相戏耳，公何见小如是。"阅数日，复相遇直庐，和语文靖："昨亦得一珠壶，不知视公所进奉者若何？"持示文靖，即前日物也。文靖方谓上赐，徐察之，并无其事。乃知珅出入禁庭，遇所喜之物，径携之以出，不复关白也。其权势之恣横如此。

宫中某处陈设有碧玉盘，径尺许，上所最爱。一日为七阿哥所碎，大惧，其弟成亲王曰："盍谋诸和相？必有所以策之。"于是同诣珅，述其事。珅故为难色，曰："此物岂人间所有？吾其奈之何？"七阿哥益惧，失声哭。成邸知珅意所在，因招至僻处，与耳语良久，珅乃许之。谓七阿哥曰："姑归而谋之，成否未可必，明日当于某处相见也。"及期往，珅已先在，出一盘相示，色泽尚在所碎者上，而径乃至尺五寸许。成邸兄弟感谢珅不置，乃知四方进御之物，上者悉入珅第，次者始入宫也。

偶读焦里堂《忆书》，有"宰相食珠"一则，最为异闻，亟摭录之。

> 吴县有石远梅者，以贩珠为业，恒衷一小箧，锦囊缊裹，赤金为丸，剖之，则大珠藏焉。重者一粒直二万金，次者直万金，最轻者犹直八千金。士大夫争购之，惟恐不得。问所用，则曰："所以献和中堂者也。"中堂每日晨起，以珠作食。服珠后，则心窍通明，过目即记，一日之内，诸务纷沓，胸中了了，不少遗忘。珠之旧者与已穿孔者，服之皆无效。故海上采珠之人不惮风涛，今日百货无如此物之奇昂者也。
>
> 按：《周官》有"供王食玉"之说，今乃有供宰相食珠

者，真异闻矣。西人所撰《金塔剖尸记》小说载，埃及女王格鲁巴坚锦帆张燕时，用酒化一珠而服之，人已惊为穷奢极汰，今和珅乃以此为常服之药饵，其汰不又在格鲁巴坚上万万耶！

管韫山侍御之直节

管侍御以制艺雄一代，其《韫山堂稿》，百年以来几于家弦户诵。士束发受书，无不知有管韫山者，而其气节、事功转为文名所掩。士之立身植学以蕲传于后世者，其亦有幸有不幸哉！

初，侍御数蹶秋闱，中年始通籍，授户部主事，旋入直军机处，以才行受知阿文成。时和相已为军机大臣，赫奕冠一时。侍御时时持正论折其牙角，和恨之甚，欲中以危法者屡矣，赖文成始终保全之。和于同列诸臣俱视之蔑如，独畏文成，故无如侍御何。侍御既传补御史，文成虑其以言贾祸，乃面奏："军机章京唯管世铭一人谙练故事，下笔敏捷，世铭去，继之者无人，请以御史仍留军机处行走。"故事，军机传补御史，即退出直庐；若留，则不得上疏奏事也。侍御未引见时，已草疏数千言，备论和之奸状。引见归，急缮折，将于次日上之，而仍留军机处之命已下矣。侍御大失望，洎入直，谒文成，犹侘傺不平。文成慰之曰："报称有日，胡必亟亟以言自显乎？且和相方得君，岂一疏所能仆？徒以取祸而已，于国事无补也。留有用之身，图异日之报称，不亦可乎？"侍御感其言，乃稍稍自晦。及文成薨，侍御亦旋下世，去和败时仅数月耳。

侍御《韫山堂诗》宗法杜、苏，不随俗靡。方袁随园之执牛耳于东南也，天下之士从之如市，侍御独不肯附和。尝赋诗以见志曰：

耆旧风流属此翁，一时月旦擅江东。

寸心自与康成异，不肯轻身事马融。

可谓婉而严矣。

毕太夫人训子诗

国朝闺秀能诗词者多，而学术之渊纯，当以娄东毕太夫人为第一。夫人姓张氏，名藻，字子湘，秋帆制府之母也。其父本循吏，夫人禀承家学，湛深经术。制府之抚陕西也，【太】夫人留居山东，以诗贻之曰：

读书裕经纶，学古法政治。

功业与文章，斯道非有二。
汝久宦秦中，洊膺封圻寄。
仰沐圣主恩，宠命九重贲。
日夕为汝祈，冰渊慎惕厉。
譬诸樽栌材，斫小则恐敝。
又如任载车，失诚则惧踬。
扪心五夜惭，报答奚所自？
我闻经纬才，持重戒轻易。
教敕无烦苛，廉察无苛细。
勿胶柱纠缠，勿模棱附丽。
端己厉清操，俭德风下惠。
大法则小廉，积诚以去伪。
西土民气淳，质朴鲜靡费。
丰镐有遗音，人文郁炳蔚。
况逢郅治隆，陶甄综万类。
民力久普存，爱养在大吏。
润泽因时宜，撙节善调理。
古人树声名，根柢性情地。
一一践其真，实心见实事。
千秋照汗青，今古合符契。
不负平生学，弗存温饱志。

上酬高厚恩，下为家门庇。

我家祖德诒，箕裘罔或坠。

痛汝早失怙，遗教幸勿弃。

叹我就衰年，垂老筋力瘁。

曳杖看飞云，目断泰山翠。

二百七十字，尔雅深厚，粹然儒者之言，当为国朝闺秀诗第一。

太夫人之卒也，高宗尝赐御书“经训克家”四字以褒之。故制府遗集，以《经训堂》名。惜制府晚年竟违母训，而谄事和珅。其督兵征苗时，又与福文襄比，骄奢侈泰，库藏为虚。身后竟遭籍没之惨，而遗裔亦式微矣。

制府尝以此诗手迹泐诸陕西抚署，昔曾得其拓本，今忆而录之。书作行楷，大半寸许，字体方严，殊不类闺阁手笔也。

杨重英遗事

雍乾之世，汉军阀阅以广州杨氏为最盛，而其后裔之受祸亦最惨。文乾当雍正中，由河南布政使擢抚广东，当是时，田文镜势张甚，文乾力与撑距，尝脱王士俊之危，荐诸朝，卒为名臣，史艳称之。子应琚，乾隆中叶官云贵总督，拜满缺大学士，亦异数也。后以缅事失机，赐自裁。应琚子重英，官云南按察使，率兵驻滇缅界上之新街，为缅人所虏。缅人絷重英，而纵其随员知县某某等两人归国。裕陵闻之，震怒，命执两员磔诸境上，不许入中国界一步。且谕令滇督："如他日重英归时，即照此办理。"重英既被虏，终不肯入缅都，缅人因舍诸新街。缅王欲其降，譬说万端，卒不屈。王又盛饰其女以往，欲赘重英为婿，亦不可。重英在新街先后二十五年，足迹未出阈一步。

后缅既乞和，且值裕陵七旬万寿，始释重英归国。甫及境，滇督某即遵前旨，执而梏之，不令入界，亟飞驰奏闻。时上春秋高，亦颇悔当时治此案过严，乃下诏旌重英之忠，谓其节过苏武。且令滇督驿送来京，预备召见。旨至滇，重英已病卒，不及生入玉门矣。重英被虏后，其眷属亦囚清室者二十五年，及是始赦出。

尹嘉铨罪案异闻

博野尹侍郎元孚，生平学术恪守程朱，为畿南巨儒。其子嘉铨，克嗣家学，由进士起家，官至京卿，晚年引疾家居。乾隆中叶，高庙南巡，嘉铨迎驾行在，忽奏请以其父元孚陪祀圣庙，并面求赏戴花翎。自言临行时，曾夸诩其妾，谓此行必得花翎，倘不得恩允，无以相见云。上大怒，褫职交大学士九卿科道严讯。嘉铨俯首引咎，自认为欺世盗名之小人，叩求立置重典。诸大臣覆奏，请援胡中藻例，处以极典。奉旨：加恩赐令自尽，子孙家属免其缘坐。而以其罪状宣示天下，以为伪儒之戒。

按：此案谕旨具载《东华录》及《圣训》，未尝有曲赦之言也。昨在京师晤胶州逄福陔观察恩承，为言此案颠末，乃知嘉铨虽奉严旨，旋蒙赦宥。圣人之明罚敕法，而未尝不俯顺人情，操纵之神固非下士所能知矣。

逄君博雅好古，多识前言往行，语必有征，非传闻者比也。云其姻家某氏之先人，于乾隆中为刑部郎中，总司秋审，此案经其一手办理。曾奉旨为《纪事》一篇，今其稿尚存某氏家中，逄君实亲见之。略云：嘉铨既得罪，爰书已定之次日，上知某君之与嘉铨契也，特命某君往狱中宣旨。且赐御厨酒肴一席，命某君赍赴狱中，阳为己所携入，以与嘉铨饯别者。谕令："酒罢毋遽就死，而先以嘉铨所言暨饮食与否亲自回奏，再俟后命。"某君遵旨往，有顷，复奏谓："嘉铨谢恩就坐，颜色不乱，阳阳如平常，惟深自引咎，辜负圣恩而已。凡饮酒三杯，食火腿及肥肉各一片"云云。上闻奏，微哂。俄顷，命召嘉铨至，先数其罪，后乃宣旨赦令归田。又问尚有何奏，嘉铨顿首奏云："臣蒙皇上天恩，至于此极，感激之忱，靡可言喻。惟年逾七十，精力衰颓，无以图报，只有及未死之前，日夕焚香叩天，祝皇上万寿，国家升平，虽至耄期，誓不敢一日间断。"上大笑曰："汝尚欲活至百年乎？"因挥之出。翌日，复召某君入见，赐酒食，即于御前就座。且命内监给纸笔，使某君将此案始末情形详细纪录。某君且饮啖且书，日旰始脱稿。上阅之，颇嘉许其详尽，即以赐之。逢君所见，犹是当时呈进真本也。

吴谷人遗事

吴谷人祭酒垂老诗稿未刻入《有正味斋全集》，其子清鹏装为长卷，阮文达跋其后云："乾隆末，先生馆阿文成家，余时在京师，先生时有教益，为之泣下，人不知也。"数语颇回隐，似有不可明言者。

世颇传文达进身由和珅。祭酒教益之言，殊为和氏发乎？和相贵盛时，慕祭酒名，欲招致门下，卒谢不往，和甚恨之。祭酒某科考差，卷入他大臣手，已入选矣。和重加披阅，见诗中有“照破万家寒”语，大言曰：“此卷有破家语，可进呈乎！”遽撤其卷。祭酒遂终身不得一差。

刘文清姬人善书

诸城刘文清公之侧室黄夫人，能学公书，几乱真。包慎翁尝见其与公家书一册，笔笔精妙，真尤物也。叶廷琯《鸥波渔话》亦载此事，惟“黄”作“王”，云：“《渊雅堂集》有句云：‘诗人老去莺莺在，甲秀题签见吉光。’注云：‘王常为公题甲秀堂法帖签子，惕翁盖尝见之，故有是咏。’”此文清逸事之最可传者，惟黄、王互异，必有一讹。慎翁与文清交颇深，所见夫人迹最多，所载当不误也。

庞雪厓之遗爱

任邱庞雪厓先生垲，康熙朝诗人也，以翰林出守建宁。甫受事，浦城令以严苛激变，邑人乘夜焚册局，杀册书。先生闻信驰往，传学官、典史至，集诸生于明伦堂，数令罪，谕士民毋生乱。查仓库及册局，收未焚书册，变遂定。制府某恶闽俗之悍，欲重惩之。而浦令与士绅有嫌，将罗织兴大狱。先生大言曰："令实已甚，吾可杀人以媚人乎？"仅坐重辟一人、流二人而已。浦人尸祝之。呜呼！今安得其人耶？

金简

羈客都门，助友人纂辑《会典》，检得一故事，绝可笑。

乾隆某年月日，上谕内阁："本日召见都统金简，见其补服狮子尾端绣有小锦鸡一只，讶而问之。则对以'奴才以都统兼户部侍郎，侍郎系文职二品，然照例文武兼官，章服当从其尊者，故绣此以表兼综文武之恩荣耳'。章服乃国家大典，岂容任意儿戏？金简着交部议处。"此事殆可入《笑苑》，然亦可见当时重文轻武之心理矣。

金简本朝鲜人，入仕中朝，隶内务府旗籍，一女入宫为嫔，后仕至尚书。为人精干有巧思，武英殿聚珍板程式，其所手创也。朝鲜人入仕中国，自唐已然。高仙芝乃至任将相，封王爵。而唐末崔致远且登进士第，佐节度幕，入为朝官。后复启请还仕其国，亦曲许之。柔远之意，至为厚矣。明成祖贤妃权氏，亦朝鲜人也。金简之仕于本朝自非创举，但何以不入汉籍，不用本国籍，而必入内务府旗籍，则书缺有间，莫明其故矣。

朱文正之迷信

大兴朱文正公晚年栖心道教，迷信最笃。居恒闭目养静，与客谈亦不开眸。翰林院土地神相传为韩退之，公一日忽语人云："文公已受代去，代之者吴云岩殿撰鸿也。"一岁丁祭毕，公乘舆过祠门外，自舆中拱手曰："老前辈请了。"又自谓前身为文昌宫之盘陀石，故字曰石君，别号盘陀老人。有扶乩者，因言公乃文昌二世储君。于是有奏请加梓潼帝号、升中祀之举，卒以嘉庆六年行之。

公尝直诞辰，诸门弟子称觞为祝，洪稚存太史与焉。酒半，忽袖出一文上寿，公固夙喜洪文，亟命读之。洪抗声朗诵，洋洋千言，多讥公迷信事，座客皆惊，洪独大笑叫绝。公遂大怒，洪坐是论谪，卒不振，然弗悔也。

成得大逆案

成得者，内务府厨役也。仁宗驾幸圆明园，成得突起行刺，立被擒。上命诸王大臣六部九卿会讯之，默无一言，但云“事若成，则公等所坐之处，即我坐处”而已。上宽仁，不欲穷诘兴大狱，遂命并其二子诛之。

得之处决也，已至市曹，缚诸桩，乃牵其两子至，一年十六，一十四，貌皆韶秀，盖尚在塾中读书也。至则促令向得叩首，讫，先就刑，得瞑目不视。已乃割得耳、鼻及乳，从左臂鱼鳞碎割，次及右臂，以至胸、背。初尚见血，继则血尽，只黄水而已。割上体竣，忽言曰：“快些。”监刑者一人谓之曰：“上有旨，令尔多受些罪。”遂瞑目不复言。讫不知何人所使也。

擒得者为御前侍卫某额驸。额驸勇力为侍卫中第一人，尚不如得。尝与得校艺，以长二尺许木桩十余枚排列为一行，植其半于地，坚筑之，桩相去各半尺许。额驸与得各卧于地，以骽横扫之，桩应骽而出。得一举骽能扫去十二桩，额驸不过七桩而已。是日，不知何以不敌，遂被擒。盖天威所临，早已褫其魄也。

林清逆案异闻

嘉庆癸酉林清之乱，喋血禁门，毒流三辅，数月后乃克平定。国史皆谓变起仓卒，而不知先一岁已发露于台湾，特当时公卿大臣不肯据实上闻耳。

先是，壬申春泾县赵兵备崇华摄台湾淡水同知，甫下车，即访获妖言惑众之高妈达。讯之，具供其同党刘林、祝现定以次年闰八月望夜在都下举事，徒党遍中外。刘林者，即林清原名也。兵备亟通详请奏，上官以其语不经，匿弗以闻，仅依寻常传布邪教律拟决。次年，都中之变果起。事起以九月十五。先一日，芦沟桥巡检已飞报："祝现奉林清命，定次日午时入宫举事，党羽本日悉已入城。"兼尹尚书某犹以"不可冒昧声张，致酿巨变"斥之，亦不部署防卫云。

前此成得逆案，虽仁庙至仁包荒，然其事卒疑莫能明。及是，山东金乡知县吴堦捕获逆目崔士俊，究出："嘉庆八年，成得曾偕祝现至士俊家宿一月，御车者为支进才。"始知成得本林清逆党，并无他故。而东抚以事属既往，删不入奏，遂使疑团至今莫释。

汤文端遗事

萧山汤文端公金钊，为嘉、道间名臣。相传未第时，其封翁设酒肆于镇市。除夕，诸客饮散，惟一叟独酌，漏三下，犹不言去。翁促之曰："今夕岁除，人各有事，客可归矣。"叟唏嘘曰："垂死之人，何以归为？"翁讶曰："叟何事为此言？愿明告我。"叟曰："余半生止一爱女，昨岁被奸人诱拐，近始得耗，知鬻诸京都和相国邸。欲往见之，而远道三千里，非徒手所能往，行死沟壑耳。"翁曰："附粮艘入都，不过十余金，我尚能为子谋之。"叟拜谢而去。

明岁，出金资其行。至都，见女，知为相国专房宠，诸姬莫敢争夕。问父何能来，叟告以故。是岁为乾隆某科乡试，时文端已为弟子员，方应举。相国疏其名，以授浙典试，遂领解。入都应礼部试，谒座主，语之曰："子之得解，和相力也，宜急往谢。"文端愕然，归即托病，匆匆南归。和败，始赴会试，成进士。

杨忠武公遗事

道光十一年，回部酋长郡王衔伯克伊萨克入觐。伊萨克素强盛，雄长诸伯克，且有诱擒张格尔功，益骄侈自肆，舆马繁多。所经回疆诸城，诸伯克悉盛供张，以结其欢。比入关，犹责地方官供应，弗少戢。

时杨忠武公遇春为陕甘总督。忠武故督师回疆，诸回部皆仰若天神者也。伊酋将至，布政使白公，将郊迎于数里外。公曰："毋须此，第视我行事。"明日，将入城，公遣牙官持令箭招之使入。伊萨克乃单骑从数人来，公令诸材官、部卒有顶戴者皆冠带华服，惟不佩刀，辕门外至堂下鹄列两行皆满。伊酋至辕门下马步行，见两旁官皆屏息立，无声，伛偻不敢仰视。至堂下，憩少时，有命入见。登堂，则堂上虚无人焉。一巡捕官导之行，历厅事数重乃至。公便服居一小室中，高座，二童子侍侧，地施红罽。伊酋及门，未逾限，已跪地，摘帽叩头。公令一童子扶以入，赐小杌命坐。伊酋至，叩首，始敢就坐。公温语慰谕之，因自拂其髯曰："吾老矣，视在回疆时奚若？"曰："更精神。"公曰："汝亦老，须发加白矣。吾辈受大皇帝厚恩，当思及时报称，为子孙计，毋生它妄想。"伊又叩头曰："谨受教。"公乃谓之曰："大皇帝念汝，少住即行。无多带从者，宜往谒诸官，皆有食物犒汝，恣汝饮啖也。"随令一童子扶之出。伊酋汗流竟体，衷衣皆湿。上马行数十步，神始定。明日遽行，骑从减十之六。

公它日语僚属曰："兰州为入关第一省会，当示以天朝威重。他省加礼，乃知恩也。"偶读此，感念前岁达赖入觐时事，不禁今昔之感，辄泚笔纪之。

梁山舟遗事

梁山舟学士以书名乾、嘉间，平生深自矜重，不轻为人作。乾隆末，入都祝嘏，道出山东。闻人言运河盛涨，前途道阻，因诣抚军某公咨之。某公者，满洲旗籍也。相见，即盛言水势之大，因暂留居署内，馆之后圃，膳饩丰隆。惟出入必经抚军内室，殊苦不便，遂亦键户不出。抚军每三五日必来省，见则言水势未平，咨嗟不已。室中一无书籍，惟插架古法帖十数种，隃麋数十丸，缣素数百番而已。学士终日无事，因以翰墨为消遣，如是者匝月，架上楮墨亦略罄矣。

一日，抚军入见，喜动颜色，曰："水已全退，可行矣。"遂张筵祖饯。酒半，忽顾架上楮素，叹曰："吾以王事鞅掌，友朋书债皆堆积此间，何日始能清理耶？"学士乃言曰："吾在此无所事，已敬为代偿矣。"抚军佯惊曰："此皆远近名士，慕我书名，展转请求者，今一旦为公污尽，奈何？"亟呼僮，斥之去，更易新楮来。学士大愠，遽匆匆别去。既首途，则前驿并无水涨事，皆抚军饰词欺之耳，然莫明其故。

久之，始悟廿余年前官翰林时，抚军方官笔帖式，尝以佳纸求书，学士拒而不许，今故为此狡狯以报之。学士后与人言及，犹愤愤。遣人往觇，则抚署中四壁琳琅，莫非学士手迹矣。此公可谓恶谑，然殊未伤雅。

成哲亲王曾为谢学士阶树作《黄庭经》小楷，为生平极精之作。旗下一都统见而爱之，乃以数十金购宋纸一卷，亲诣邸跽求，王颔之。翌日即送至，某都统讶其神速，方窃自喜，展视，了无一字，惟一角有蝇头小字三，猝不易辨。谛视之，则"你也配"三字而已。此则令人难堪矣。

李申耆遗事

申耆先生之令凤台也，凤台地瘠而民悍，多豪猾，为逋逃薮者相望。先生常骑健马，率乡勇巡行闾里。每出不意得盗魁，察其中有重气节、矜然诺者，抚用之，盗以敛戢。

嘉庆辛未，百文敏龄总制两江，适仪征有劫杀巨案，戕一家三命。文敏侦得盗魁为蒙城人，而匿于凤台，严檄两邑，限一月捕送。先生侦知容隐盗首之巨猾不受捕，乃召所抚用某役至内室，置酒饮之。酒半，怆然曰："吾行解组归里矣，故召若来一痛饮耳。"某役怪其语不伦，请其故，先生出督檄示之。某曰："此人匿某巨猾家，役故知之，惜力不能取耳。"先生曰："若能取者，吾早以捕事属若矣。吾即去此，若亦不能终作好人，故与若作别耳。"语毕，潸然久之，某亦悲不自胜。良久，始曰："有一策，姑试为之。公收役家属置之狱，而发朱签谕役往。三日不归，则役必死。役之妻若子幸终身俾伺应夫人、公子，俾得延宗祀，于愿足矣。"先生诺之。

猾家距城二十五里，某即日至。猾款之，曰："云泥路隔已三载，何幸辱临，得无为仪征案乎？"某慨然示之朱签。猾曰："其人诚在此，试招与共饮，商榷之。"盗魁出，则曰："我，君之新友；彼，则旧友也。且我止一身，而彼一家。顾为新友一身，陷旧友一家乎？明日从入城矣。"次早，猾遣力士二十人持长矛护送至城门而返。盖盗魁至骁勍，猾知某役之非敌也。先生方遣某去，即召匠制坚槛，集舁者、护者百余人以待。某役俄引盗至，先生略诘姓名，即槛解蒙城，而躬自护送之。

凤去蒙七十里，中道有镇，为两邑分界所。槛车入旅店，而先生降舆，当门坐。乡民闻官获大盗，争来观，环店外如堵。先生怡然谓之曰："此大盗，千万官军所不能捕者，而我竟得之，他日当膺上赏，父老知我喜否？当置酒为我贺。”乃命取酒来，遍酌父老，且语之曰：“此贼精妖术，非我，孰敌之者？彼与我战，力不敌，乃幻形为狐狸，思窜去，吾亦变虎追之。彼又变隼，欲高飞，吾又变大鹏追之。彼窘，将走投海，吾乃檄天将合捕之，又击以掌心雷，始因而就缚。”观者奇其语，皆环听，不他瞬。久之，先生亦大醉，始升舆去。

是时，猾已遣健者数十人来劫。见先生方坐店门剧饮，遂出镇外俟。良久，先生舆始过。问槛犯何尚不来，从者答以在后徐行。猾党返至店，则先生方剧饮时，已排店后墙，舁槛车由间道急行，计且抵蒙矣，猾党乃废然返。先生即改乘快马，追槛车与俱，疾驰至蒙。会蒙令联衔通详，声明凤台捕得，遵檄交蒙令转解归案。禀既发，先生始还凤。其次日，闻盗已越蒙狱去矣。蒙令先以亏帑事，奉督檄严诘。事未竟，又失盗，遂缢。

先生尝语人曰：“凤、颍、泗三郡简壮者五千人，可方行天下，然唯其豪能用之。官用之，必帅至千里外。或客兵势盛，足相钤制，乃可。否则，骄蹇难制，且为大患。”后数十年，捻匪乱起，人始思先生言。

汤海秋之死

益阳汤海秋，道光时以少年捷科第，登言路，高才博学，声华藉甚。一时胜流，如曾文正公及王少鹤、魏默深、邵位西、梅伯言诸君子，皆与之交。海秋气甚豪，甫入台，旬日间数上封章，忤朝贵意，回部曹行走，郁郁不自得。乃研精著述，所为《浮邱子》，尤自喜。

一日，诸友集其寓斋，或言大黄不可轻尝，如某某者，皆为庸医所误，服大黄致不起者也。海秋独曰："是何害？吾向者虽无疾，犹常服此。谓予不信，请尝试之。"趣命奚奴速购大黄数两来，诸友苦止之，不可。及购至，海秋即连取六七钱许吞之，诸友竞起夺之，海秋犹攫得最巨者一块，入口，且嚼且詈夺者，遂不欢而散。抵暮，遂泄泻不止。黎明，诸友趋往问疾，则已于中夜逝矣。时年仅四十有四。文正集中《祭海秋文》有曰："一呷之药，椓我天民。"盖纪实也。

栗恭勤公遗事

浑源栗恭勤公毓美，道光朝名河臣也。少时状貌英俊，家贫，将废学，业师某明经赏其慧，却脩脯而留课之，与其子共读。明经一女，甚端丽，属意于公久矣，未之发也。比邻某富室子，亦请业于明经。公与明经子同室，而以对屋舍邻子。邻子窥女美，数求昏，明经既属意公，则峻却之，邻子怼而辞归。

一夕，公与明经子饮，明经子醉，卧公榻，撼之不醒，遂易榻卧。次早公起，则明经子卧血泊中，视之，已丧元矣，骇极而号。明经奔视，大痛，疑公所杀，控之官。县令察公不类杀人者，而一时不得主名，狱不能具，因长系之。邻子瞯公入狱，仍以厚币求昏，择日迎娶，琴瑟甚敦，年余生一子。

一日，醉后笑向女曰："曩时不出辣手，胡以得君为妻？第苦若兄耳。"女大疑，因穷诘之。某自悔失言，坚不肯吐，女曰："但实言，今既偕伉俪矣，尚何讳为？"某始自承杀人状。盖某久歉〔慊〕公，计非杀之，不能得女。是夕，瞰两人酒醉，因持刀越墙而入，暗中摸得公榻，径断其首而出，不虞两人之易榻也。女闻言，夷然如平时。越日，乘某出门，取怀中儿绞杀之，而诣署鸣冤。令询得其状，亟捕某至，一讯而伏，立出公于狱。女慨然谓公曰："身既被辱，义不能复事君子。君他日名德必昌，幸自努力。"袖中出利刃，遽自刭死。公得释，明年补博士弟子，以拔贡官东河知县，洊至河督。

公贵后，感女义，誓不再娶。得美玉，雕女主，恒佩之，数十年无须臾离。及官河督，以巡工夜宿吴家屯，遽感暴疾。地方官吏闻耗，亟来视，已不能言。数引手指其胸，探之，得所佩玉主，乃悟其意，欲以为殉也，颔之，始瞑。

初，河堤用石为之，而兖、豫间无大山，辇自数百里外，劳费百倍。及公莅任，奏改用砖，岁省费以数十万计，至今民尸祝之。

前辈爱才之笃二则

嘉庆朝士之以博洽闻于时者，北则张石洲穆，南则俞理初正燮。一时学人，无及之者。理初举于乡，数困公车。某科，阮文达典会试，都下士走相贺曰："理初登第矣。"王菽原礼部为同考官，得一卷，惊喜曰："此非理初不办。"亟荐之。是日文达适有小疾，未阅卷，副总裁汪文端公廷珍素讲宋学，深疾汉学之迂诞，得礼部所荐卷，阳为激赏，俟礼部退，亟镉诸笥中，亦不言其故。及将发榜，文达料理试卷，诧曰："何不见理初卷耶？"命各房搜遗卷。礼部进曰："某日得一卷，必系理初手笔，已荐之汪公矣。"文达转诘文端，坚称不知。文达无如何，浩叹而已。

榜后，理初往谒礼部，礼部持之痛哭，折节与论友朋，不敢以师礼自居。且赠诗四首，有云："如是我闻真识曲，最难人说旧知名。"又云："冥鸿已分翔寥廓，暮雨萧萧识此心。"其倾倒也，至矣。理初所著书，初名《米盐录》，礼部为鸠资选刻其半，易名曰《癸巳类稿》。

道光丙戌会试，刘申受先生为同考官，得龚定庵卷，狂喜，亟荐之。魏默深卷在某侍御房，某侍御得卷，犹疑不遽荐，礼部读其文而大异之，乃促令亟荐。故默深于礼部，终身有知己之感焉。然龚共魏竟皆下第，先生痛惜之，赠以诗云：

三江人文甲天下，如山明媚画嶙峋。
盎盎春溪比西子，浣花濯锦裁银云。
神禹开山铸九鼎，罔两俯伏归洪钧。
锋车西走十一郡，奇祥异瑞罗缤纷。
兹登新堂六十俊，[1]就中五丁神力尤轮囷。
红霞喷薄作星火，元气蓊蔚晖朝暾。
骨惊心折且挥泪，练时良吉斋肃陈。
红旬不寐探消息，那知铩羽投边尘。
文字辽海沙虫耳，司中司命何欢嗔！

更有无双国士长沙子，孕育汉魏真精神。

尤精选理跞鲍谢，暗中剑气腾龙鳞。

侍御披沙豁双眼，手持示我咨嗟频。[2]

翩然双凤冥空碧，会见应运翔丹宸。

萍踪絮影亦偶尔，且看明日走马填城闉。

定庵是岁三十有五，后三年始捷南宫，礼部即卒于是年。默深至乙巳始登第，则礼部不及见矣。

注释

1　自注：浙卷七百余人，余独分得六十卷。

2　自注：湖南九四卷，五策冠场，文更高妙，予决其为魏君源。

内务府靡费

满员之任京秩者，以内务府为至优厚。相传承平时，内府堂郎中岁入可二百万金。近年，内务府大臣多由堂郎中积资升擢，如立山之多藏厚亡，亦以任堂郎中最久，家资累千万，故为拳匪所瞰也。

乾隆朝，汪文端公由敦一日召见，上从容问："卿昧爽趋朝，在家亦曾用点心否？"文端对曰："臣家计贫，每晨餐不过鸡子四枚而已。”上愕然，曰：“鸡子一枚需十金，四枚则四十金矣。朕尚不敢如此纵欲，卿乃自言贫乎？”文端不敢质言，则诡词以对，曰：“外间所售鸡子，皆残破不中上供者，臣故能以贱值得之，每枚不过数文而已。”上乃颔之。

列朝惟宣庙最崇俭德，道光三十年间，内府岁出之额不过二十万，堂司各官皆有“臣朔欲死”之叹。上一日思食片儿汤，令膳房进之。次晨，内务府即递封奏，请添置御膳房一所，专供此物，尚须设专官管理，计开办费若干万金，常年经费又数千金。上乃曰：“无尔，前门外某饭馆制此最佳，一碗直四十文耳，可令内竖往购之。”半日，复奏曰：“某饭馆已关闭多年矣。”上无如何，但太息曰：“朕终不以口腹之故妄费一钱而已。”以万乘之尊，欲求一食物而不得，可慨也。

同治时，穆宗大昏，购皮箱一对，亦寻常市上物，不过数十金者，而报销至每对九千余两。文文忠力争之，不能得也。

道光时南河官吏之侈汰

铜瓦厢河决以前，治河有两总督，北督驻济宁，南督驻清江浦。北河事简费绌，繁剧迥逊南河。方道光中叶，天下无事，物力丰厚，南河岁修经费每年五六百万金，然实用之工程者不及十分之一，其余悉以供官吏之挥霍。一时饮食衣服，车马玩好，莫不斗奇逞巧，其奢汰有帝王所不及者。河防如是，普通吏治益可想见，宜乎大乱之成，痡毒遂遍于海内也。

某河帅尝宴客，进豚肉一簋，众宾无不叹赏，但觉其精美，迥非凡品而已。宴罢，一客起入厕，见死豚数十，枕藉院中。惊询其故，乃知顷所食之一簋，即此数十豚背肉集腋而成者也。其法：闭豚于室，屠者数人各持一竿追而抶之。豚负痛，必叫号奔走，走愈亟，挞愈甚。待其力竭而毙，亟刲背肉一脔，复及他豚。计死五十余豚，始足供一席之用。盖豚背受抶，以全力护痛，则全体精华皆萃于背脊一处，甘腴无比。而余肉则皆腥恶失味，不堪复充烹饪，尽委而弃之矣。客闻之，不觉惨然。宰夫夷然笑曰："穷措大，眼光何小至是？吾执爨甫两月，已手刲数千豕矣。此区区者，曾何足顾问耶？"

其烹鹅掌之法，用铁笼笼鹅于地，而炽炭其下，旁置醯酱之属。有顷地热，鹅环走，不胜痛，辄饮醯酱自救。及其死，则全身脂膏萃于两掌，厚可数寸，而余肉悉不堪食矣。

有食驼峰者，选壮健橐驼，缚之于柱，以沸汤浇其背，立死。菁华皆在一峰，而全驼可弃。一席所需，恒毙三四驼。

又有吸猴脑之法，尤为惨酷。选俊猴，被之锦衣，穴方桌为圆孔，纳猴首孔中，拄之以木，使不能进退。乃以刀剃其毛，刮其皮，猴不胜痛楚，叫号声极哀。然后以沸汤灌其项，用铁椎击破颅骨，诸客各以银勺入猴首中，探其脑吸之，每客所吸不过三二勺而已。

此不过略举一二，其他珍怪之品莫不称是。甚至食一豆腐，而制法至有数十种之多。且须于数月前购集材料，选派工人。统计所需，非数百金不能餐来其一箸也。食品既繁，一席之宴恒历三昼夜不能毕。故河工宴客，往往酒阑人倦，各自引去，从未有终席者。

各厅署自元旦讫除夕，非国忌，无日不演剧。每署幕客数十百人，游客或困顿无聊，乞得上官一刺，以投厅汛各署，无不立即延请，有宾主数年曾未一谋面者。幕友终岁无事事，主人夏馈冰金，冬馈炭金，佳节馈节敬，逾旬月必馈宴席。幕中人为樗蒲戏者，得赴账房支费，皆有常例。防汛紧急时，有一人得派赴工次三五日者，同人争羡，以为至荣。其归也，主人必有酬劳，百金至数百金不等。其久驻工次，与署中有执事之幕客，沾润尤肥。非主人所亲厚者，不能得也。

新翰林携朝贵一纸书谒河帅，河帅为之登高一呼，万金可咄嗟致。举人、拔贡携京员一纸书谒库道者，千金可立致也。骄奢淫泆，一至于此。此真有史以来所未闻者，酿成大劫，不亦宜乎？

曹、杜两相得谥“文正”之由

国朝汉大臣易名得“正”字者，凡八人：一汤睢州，二刘诸城，三朱大兴，四曹歙县，五杜滨州，六曾湘乡，七李高阳，八孙寿州。较宋、明两朝，过之倍蓰。呜呼，盛矣！

综而论之，刘、曾之道德功业，洵足当“正”字而无愧。睢州之为人，有谓其为“伪君子”者。大兴晚年耽嗜宗教，自谓能与吕仙问答，其事甚怪。其饰终之典所以备极宠荣者，则以和相弄权时，大兴于仁庙实有调护之功耳，此其事人人所习知。寿州则无毁无誉之愿人，于国事无大关系，姑不具论。若歙县、滨州两公，则于国家治乱之关，三朝授受之际，实有非常绝大之关系。天下之士或有未尽悉其始末者，爰追忆曩时所闻师友之绪论，泚笔纪之，亦三朝得失之林也。

宣宗成皇帝在位三十年，衣非三浣弗易，宫中用款岁不逾二十万，内务府堂司各官皆贫困欲死，其俭德实三代后第一人，汉之文帝、宋之仁宗莫能及也。然而，三十年中吏治日偷，民生日困，势穷事极，酿成兵祸，外扰海疆，内兴赭寇，遂以开千古未有之变局。所谓上有尧舜之君，而下皆共鲧之佐者，真道光朝之谓矣。

夫以宣庙之圣明，何至不知吏治之偷，民生之困？所以然者，由言路之壅塞致之。而言路所由壅塞，则皆歙县一人之力耳。

上晚年颇倦勤，而一时言官多好毛举细故，相率为浮滥冗琐之文以塞责。上初犹勉强延纳，久益厌之，欲惩戒一二，以警其余，则又恐言路为之沮格。歙县以汉首相直军机，上一日从容语及之，歙县因造膝密陈曰："是无难，凡言官所上章疏，无问所言何事，但摘出一二破体、疑误之字，交部察议。惩戒一二人，言者必骇服圣衷之周密，虽一二笔误犹不肯轻易放过，况其有关系之大者？嗣后自不敢妄逞笔锋，轻上封事矣。在上无拒谏之疑，而可以杜妄言者之口，计无便于此者。"上闻奏大喜，如其所言。未几，言官相戒，以言事为厉禁，而科道两署七八十人皆寒蝉仗马矣。

歙县之巧伺人主意旨，藉公论以逞私意者，率皆类此。上天性仁厚，以其外观之忠谨也，绝不之疑。虽有言其奸者，上亦不肯信。及其殁也，犹痛惜之，赐恤恩旨有“献可替否而人不知”之语。盖其所以固宠者，深矣。

嘉庆以前，殿廷考试，大臣奉派阅卷，皆先文词而后书法，未有摘一二破体字而抑高文于劣等者。至歙县始用此术衡文，不但文词之工拙在所不计，即书法之优劣亦不关重要。但通体圆整，无一点画讹错，即可登上第。盖当时承乾嘉考证学派之余波，士子为文皆以博奥典实相尚。歙县素不学，试卷稍古雅者，辄不得其解，故深恶而痛绝之。后来主文衡者，乐其简易，相率效尤，于是文体颓而学术因之不振矣。道、咸两朝功令文字最为卑陋，皆歙县一人启之也。祁文端既贵，以小学提倡后进，辇下学派始稍稍振起，然远逊乾、嘉之盛矣。此条闻诸文道希学士。

达县吴季清先生，友一内务府老司官旗人某君，年七十余矣。通籍道光末，历事四朝，内廷故事綦熟，尝为述道、咸间遗事，多人间所不得知者。云：

宣庙晚年最钟爱恭忠亲王，欲以大业付之。金合缄名时，几书恭王名者数矣。以文宗贤，且居长，故逡巡未决。滨州时在上书房行走，适授文宗读，微窥上意所在，欲拥戴文宗，以建非常之勋。

一日，上命诸皇子校猎南苑。故事，皇子方读书者，奉命外出，临行时，必诣师傅处请假，所以尊师也。是日，文宗至上书房，左右适无人，惟滨州一人独坐斋中。文宗入，行礼毕（皇子见师傅皆长揖），问将何往，以奉命校猎对，滨州乃耳语曰："阿哥至围场中，但坐观他人驰射，万勿发一枪一矢，并当约束从人不得捕一生物。复命时，上若问及，但对以'时方春和，鸟兽字育，不忍伤生命以干天和，且不欲以弓马一日之长与诸弟竞争也'。阿哥第以此对，必能上契圣心。此一生荣枯关头，当切记无忽也。"文宗既至围所，如所嘱行之。是日，恭王所得禽兽最多，方顾盼自喜，见文宗默坐，从者悉垂手侍立，怪之，问其故，文宗曰："吾无他，但今日适不快，弗敢驰逐耳。"日暮归，复命，文宗独无所献。上询之，具如滨州所教以对。上大喜，曰："是真有君人之度矣。"立储之议遂决。

后数岁，宣庙上宾，文宗甫御极，即晋滨州为协揆。未及正纶扉而遽薨逝，上闻讣，为之失声，亲往奠醊，追赠太师，予谥文正，饰终之典悉视大学士例有加。嘉、道以来，汉大臣追赠太师者，仅公一人而已。盖非惟追怀典学之勤，亦以报其拥戴之勋也。国朝列圣之文学以文宗为最优，盖亦滨州启沃之力云。

穆相权势之重

顺德罗椒生尚书惇衍，泾阳张文毅公芾，云南何根云制府桂清，三人同年登第，入翰林，年皆未弱冠，且同出汤海秋农部房，海秋为之狂喜，赋《三少年行》者也。时道光末造，穆鹤舫相国彰阿执政，炙手可热，张、何两公皆附之，独椒生尚书绝不与通。散馆后，初考试差，三人皆得差。命既下，尚书往谒潘文恭，文恭问："见穆中堂否？"曰："未也。"文恭骇然，曰："子未见穆相，先来见我，殆矣。"尚书少年气盛，不信其说，亦竟不往。次日，忽传旨："罗惇衍年纪太轻，未可胜衡文之任，着毋庸前往"，另派某去。人皆知穆所为也，其权力回天如此。国朝已放差而收回成命者，尚书一人而已。实则张、何之年皆小于罗也。考是年《登科录》，罗十九，张十八，何十七。

道光末，五口通商之约，穆一人实专主之。王文恪既薨，祁文端尚力争，然文端在军机为后进，且汉大臣不能决事，故穆愈得志。然王、祁两公之忠，宣庙未尝不深知之。传闻，和局既定，上退朝后，负手行便殿阶上，一日夜未尝暂息，侍者但闻太息声。漏下五鼓，上忽顿足长叹，旋入殿，以朱笔草草书一纸，封缄甚固。时宫门未启，命内侍持往枢廷，戒之曰：

"俟穆彰阿入直，即以授之。"并嘱其毋为祁寯藻所知，盖即谕议和诸大臣画押订约之廷寄也。自是，上遂忽忽不乐，以至弃天下。

蒲城王文恪公鼎，道光末以争和议效史鱼尸谏自缢死，其遗疏严劾穆相彰阿。穆大惧，令其门下士以千金啖文恪公子伉，且以危词胁之，遂取其遗疏去，而别易一稿以进。人皆知为泾阳张文毅芾所为，而不知其谋实定于文毅同县人聂沄之手。

聂字雨帆，以拔贡朝考一等官户部主事，入直军机处，为穆相所深倚。既得文恪遗疏，穆相面许以大魁酬之。是时，聂已捷京兆试矣。及礼部试届期，穆相授以关节，且遍嘱四总裁、十八同考官。时同考官有某侍御者，晋人也，夙倔强，生平未尝趋谒穆相。得穆嘱，阳诺之。及入闱，聂卷适分某侍御房，侍御亟扃诸箧中而固鐍之。榜既定，独不得聂卷，主司、房考相顾错愕，群知为侍御所匿也，因议搜遗卷。至某侍御房，侍御故为侘傺状，曰："吾某夕不谨，致一卷为火所烬，榜发后不得不自请议处矣，公等所求者，得非即此卷乎？"众知无可为，废然而返。聂此岁亦补缺，不复应礼部试。后聂官至太常少卿，穆败，聂亦谢病归。

回匪之乱，首扰泾阳。泾阳为西北商旅所辐辏，繁盛亚汉皋，贼故首趋之。众谋城守，议广积刍粟。聂以官贵为众绅领袖，谓贼可旦夕平，城决无久守理，而其家有积粟数千石，可规善价也。乃倡议贼方苦乏食，故所致抄掠，今积粟城中，是招之使来也，力争不令一粟得入城。后贼围城年余，城中食尽，守御具一无缺，独人皆饿仆，莫能乘城，城遂陷，所失以数千万计。泾阳不守，而西北之元气尽矣。嗟夫！佥壬之为祸也，烈哉！

文恪诸子既卖其父，后来文恪墓志撰文者仍穆彰阿也。于力争和议事竟不及一字，文恪其不瞑矣。

张船山侍御之直节

遂宁张船山先生书画妙一时，性伉爽，无城府。由检讨迁御史，上官日连上三疏，一劾六部九卿，一劾天下各督抚，一劾河、漕、盐政。或谓之曰："子不虑结怨中外乎？"先生笑曰："我所责难者，皆大臣、名臣事业，其思为大臣、名臣者，方且感我为达其意，若无意于此者，吾将其身份抬高至于如此，惭愧之不暇，又何暇怨我乎？"

先生尝画一鹰，题一断句云：

奇鹰瞥然来，扨身在高树。

风动乍低头，沉思击何处。

读此诗，可想见其风采矣。

道光朝两儒将

道光季年，英吉利扰浙海，定海之陷，三总兵死焉。三总兵者，山阴葛壮节公云飞，湖南凤凰厅郑忠节公国鸿，宁河王刚节公锡朋也。郑、葛两公皆以儒将著。葛公有《四十自伤》诗，为人传诵，其诗曰：

马不嘶风剑不鸣，等闲已老健儿身。

近来不敢窥明镜，恐照头颅白发新。

烈士暮年，壮心不已，足与岳忠武《满江红》词“莫等闲，白了少年头”之句后先辉映矣。

葛公之授命也，义勇徐保求其尸，得诸竹山门下。时雨霁月明，见公立崖石前，半面已为贼削去，左目犹睒睒如生。欲负之行，不能起，拜而祝曰：“盍归见太夫人乎？”乃行。呜呼！敌忾之志，将母之忧，殁而犹不能忘哉！

郑公文学甚优，而尤精经术，著有《诗经疏义》行世。

文宗挽林文忠联

林文忠之薨也，文宗御制联语挽之曰：

答君恩，清慎忠勤数十年，尽瘁不遑，解组归来，犹自心存军国；

殚臣力，崎岖险阻六千里，出师未捷，骑箕化去，空教泪洒英雄。

读之者莫不感泣。

世传文忠居恒常自诵“苟利国家生死以，岂因祸福避趋之”两语不置，不知为成句，抑为文忠自撰也。

林文忠公遗诗

林文忠诗不多作，而劲气直达，音节高朗，最近有明七子。相传公戍新疆时，有《出嘉峪关》四律云：

雄关百尺界天西，万里征人驻马蹄。
飞阁遥连秦树直，缭垣斜压陇云低。
天山巉削摩肩立，翰海苍茫入望迷。
谁道殽函千古险，回看只是一丸泥。

东西尉候往来通，博望星槎笑凿空。
塞下传笳歌敕勒，楼头倚剑接空同。
长城饮马寒宵月，古戍盘雕大漠风。
除是卢龙山海险，东南谁比此关雄？

敦煌旧戍委荒烟，今日阳关古酒泉。
不比鸿沟分汉地，全收雁碛入尧天。
威宣贰负陈尸后，疆拓匈奴断臂前。
西域若非神武定，如何此地罢防边？

一骑才过即闭关，中原回首泪痕潸。
弃繻人去谁能识，投笔成功老亦还。
夺得焉支颜色冷，唱残杨柳鬓毛斑。
我来别有征途感，不为衰龄盼赐环。

林邓唱和诗词三则

文忠不以文学名，而余事倚声，亦入南宋之室。其《月华清·和邓嶰筠尚书沙角眺月韵》云：

穴底龙眠，沙头鸥静，镜奁开出云际。万里晴同，独喜素娥来此。认前身金粟飘香，拚今夕羽衣扶醉。无事更凭栏，想望谁家天际。　　忆逐承明队里，正烛撤玉堂，月明珠市，鞅掌星驰，争比软尘风细。问烟楼撞破何时，怪灯影照他无睡。宵霁，念高寒玉宇，在长安里。

《喝火令·和嶰筠》云：

院静风帘卷，篁疏月影梢。闲拈新拍按琼箫。惹得隔墙眠柳，齐袅小蛮腰。　　自辟清凉界，斜通宛转桥。家山休怅秣陵遥。翦取吴纨，写取旧烟梢，唤取幽禽入画，相对舞云翘。

风情如许，亦复何减欧、范？

嶰筠尚书讳廷桢，江宁人。文忠由江督使粤，治鸦片案，尚书实为粤督，两公志同道合，誓澹沉灾。权贵忌文忠，因并及尚书，两公先后戍边，而粤事遂不可为矣。

尚书督粤时，有《高阳台》一首，即咏文忠焚鸦片事也。词云：

鸦度冥冥，花飞片片，春城何处轻烟？膏腻铜盘，枉猜绣榻闲眠。九微夜艺〔爇〕星星火，误瑶窗，多少华年！更那堪，一道银潢，去贷天钱。　　星查恰到牵牛渚，叹十三楼上，暝色凄然。望断红墙，青鸾消息谁边？珊瑚网结千丝密，乍收来，万斛珠圆。指沧波，细雨归帆，明月空舷。

己亥岁除，文忠留镇两粤，而尚书移督两江，持节乡里，人尤荣之。二公以庚子元旦受代，其临行时，留别文忠，有《换巢鸾凤》一首云：

> 梅岭烟宵，正南枝意懒，北蕊香饶。甚因催燕睇，底事趁鸿遥，头番消息恰春明〔朝〕。蓼汀杏梁，青云换巢。离亭柳，漫绾线，系人兰棹。　　思悄，波渺渺。箫鼓月明，何处长安道？洗手谙姑，画眉询婿，三日情怀应恼。新妇无端置车帷，故山还许寻芳草。珠瀛清，者襟期，两地都晓。

此两则皆可入《词林纪事》中。

尚书在新疆时，有《百字令》一首祭东坡生日，云：

> 九疑云黯，更匆匆去跨，南飞孤鹤。天上琼楼寒自好，偏向琼田飘泊。磨蝎身宫，飞鸿爪迹，生气还如昨。海山兜率，旧游应许寻着。　　侬亦珠峤余生，乘风缥缈，来听龟兹乐。一种天涯萍与絮，腰笛而今零落。北府兵销，西州路远，归梦时时错。华年知几，翠尊聊为公酌。

宋于廷序尚书词集，谓其“通籍以至持节，居处、饮食无改寒素。惟于音律殆由夙授，分寸节度，有顾曲风。于古人之词靡不博综，所自制则雍容和雅，纤曌之音，逖滥之响，无从犯其笔端。所存无多，所托甚远”，非过誉也。文忠少尚书十岁，尝言尚书“年已七十，而细书精妙，犹不肯用叆叇”，足见先辈养气之厚。

尚书赐环先文忠一年，文忠以诗送之曰：

得脱穹庐似脱围，一鞭先着喜公归。
白头到此同休戚，青史凭谁定是非？
漫道识途仍骥伏，都从遵渚羡鸿飞。
天山古雪成秋水，替浣劳臣短后衣。
回首沧溟共泪痕，雷霆雨露总君恩。
魂招精卫曾忘死，病起维摩幸告存。
歧路又歧空有感，客中送客转无言。
玉堂应是回翔地，不仅生还入玉门。[1]

尚书亦有和诗，云：

秋净天山正合围，忽传宽大许东归。
余生幸保精魂在，往日沉思事业非。
遇雨群疑知并释，抟风独翼让先飞。
河梁自古伤心地，无那分携泪满衣。
事如春梦本无痕，绝塞生还独戴恩。
未必茝兰香共揽，要留姜桂性常存。
百年多难思招隐，半壁殷忧敢放言？

此去刀镮听续唱，迟公归骑向青门。

注释

1 尚书由谪籍赏编修还朝，故云。

陶文毅识左文襄

左文襄之初举秋试也，礼部报罢回籍，侘傺甚。馆醴陵书院山长，脩脯至菲，几无以给朝夕。时安化陶文毅公方督两江，乞假回籍省墓。是时轮舶未通，吴、楚往来，皆遵陆取道江西。文毅圣眷方隆，奉优诏驰驿回籍，地方官吏供张悉有加。

醴陵为赣、湘两省孔道，县令特假书院为行馆，嘱文襄撰书楹帖。其上房之联曰："春殿语从容，廿载家山，印心石在；大江流日夜，八州子弟，翘首公归。"印心者，文毅家有古石一，其形正方，名之曰"印心石"，故文毅斋名即以"印心石屋"命之。召见时，慕陵尝从容询及也。文毅睹楹帖，激赏不已。问县令孰所撰，令具以文襄名字对。即遣舆马迎之至，谈一日夜，大洽，立延入幕府，礼以上宾。

文毅得子晚，其公子尚在髫龄。而文襄有一女，年与相若。文毅一日置酒，邀文襄至。酒半，为述求昏意，文襄逊谢不敢当，文毅曰："君毋然，君他日功名必在老夫上。吾老而子幼，不及睹其成立，欲以教诲累君，且将以家事相付托也。"文襄知不可辞，即慨然允诺。未几，文毅骑箕，文襄经纪丧事，挈公子归里，亲为课读。且部署其家事，内外井井，如文毅在时。陶氏族人欺公子年幼，群谋染指，赖文襄为之御侮，得无事。文毅藏书綦富，文襄暇日皆遍读之，学力由是日进。一生勋业，盖悉植基于是时也。

桂林寇警轶闻

粤西抚幕有陈君者，年八十余矣。在抚幕数十年，金田之乱固所目击，尝为人述粤匪围桂林时事，至可骇笑。

省城被围，先后三年余。于时，抚桂者为长沙劳文毅公崇光。所恃以为守者，抚署亲军三百余人，武巡捕某弁统之，民团五百余人，绅士张某统之，驻城中。湖南援军千余人，驻城外。贼虽围城，实未尝一日进攻。盖其精锐已悉数北趋，留桂林者半属老弱罢病，本不欲战，聊以牵制而已。土人初尚畏贼，久之，乃与贼相忘。省城四门，扃其三，惟开西门以通樵采。民或出城，路经贼垒，贼亦不过问。贼中食物偶缺，亦时时入城购买，长发鬖鬖然，红布帕首，游行街市间，人共知其为贼，贼亦不自讳。城中大小将校皆与贼通款曲，酬酢往来，而团总张绅踪迹尤密。令节朔望，贼营常置酒，招张绅与诸官饮。张绅、诸官皆坦然赴之，醉饱而归。亦时时置酒请贼目，以答其意。惟必在城外，不敢公然延客入城而已。

桂林被围久，饷源断绝，公私扫地赤立。主、客军不满二千人，欠饷皆积年未发，军士知其不可得也，亦相与安之。文毅一日怒某弁，诟之甚厉，某弁不能堪，怏怏出，语军士曰："当此世界，犹向我辈使上官身分耶？吾行即辞差，不能郁郁久居此矣。"众皆曰："君去，固不敢留，然吾辈欠饷如何者？"某弁曰："吾已失欢于大帅矣，安能更索欠饷？君辈自向大帅理论可耳。"于是，有数人据抚署大堂自诉饥苦者，俄而增至数十人，噪声渐厉。文毅在内室闻之，则自出弹压。甫及门，矛锋已自门内出矣，始悚然退归。召某弁至，谯让之，使以大义安慰众心。某弁辞不往，文毅大怒，乃坐以"激变军心"而下诸临桂狱，别简一人为亲军督。一面令司道府县安抚变兵，许以饷至即发。诸军士亦本不欲与巡抚为难，聊藉此为戏，以抒其愤惫而已，得诸官抚慰，亦遂散去。

如是者又数月，某弁被禁久，意忽忽不自聊。一日，忽上书文毅，自称："从戎数年，一无建树，中路蹉跌，实所不甘。与其羁死囹圄，何如战死沙场？倘蒙恩释出，当率所部杀敌致果以报。"文毅得书，笑曰："某特欲出耳，然果能出战，亦大佳事。"即召之至，面奖其勇敢，谓曰："汝所将特三百人耳，乌能与贼战？"某弁曰："尚有张绅所统团练五百人在，可令彼为后劲，某当力效前驱。"文毅首肯，即以令箭召张绅至，语以故。张绅大惊，念今日乃言战耶？然不敢违巡抚令，姑许诺。遂相率出城，压贼垒而阵，鸣鼓大噪。贼出视，亦大惊，迎谓曰："彼此相安，耦俱无猜久矣，今奈何遽以此面目相向耶？"某弁不答，麾众直前搏战。贼始知其真欲战也，亦蜂拥拒敌，不食顷，某弁与三百人者，遂皆并命称国殇矣。张绅徐至，顿足曰："今兹败矣，某弁全军覆没，吾何以复命？"痴立良久，即驰去，径赴贼垒，令从者以被虏归报。

团勇皆桂林城中无赖子，惟张绅能统驭之。张绅既去，军无统率，诸军士日为暴闾市，官吏不敢诘。命他绅接统，则皆辞以不能。文毅无如何，则谋赎回张绅，乃遣使者诣贼营商之。贼目允赎，而要以大炮四尊、红绉十匹为交易之媒介。使者归复命，文毅难之，曰："红绉无足重轻，大炮胡可畀贼？外人闻之，其视吾辈为何如人耶？"复命使者往，议以数百金为大炮代价，贼目不允，必欲得炮而后可。使者归，诸官相顾无策。藩司某进曰：“今既无用炮处，炮之在我与在贼，庸何择焉？但勿令士民知之耳。请声言‘允给红绉，不允给炮’，而密以绉缠炮身，使人但见为绉，不见为炮，舁而置诸城外，俾贼自取之，不亦可乎？”文毅亦冁然曰：“君真善办事者矣。”如其计行之，而张绅果归。

曾文正公遗事

金陵之初复也，有萧山一士人，自称浙省教职，谒文正军门，雄谈大睨，不可一世，文正心奇之。偶谈及下僚欺蔽之难杜，某正色曰：“受欺不受欺，顾在己如何耳。某盱衡当世大人君子，惟有中堂至诚感人，人自不忍欺。若左太保之严气正性，人不敢欺。然以较中堂，已落第二义。至如某某诸公，则人即不欺，而己顾常疑其欺，或已被欺，而反不疑其欺者，比比是也。”文正大服，抚髀称是不置。因语之曰：“吾幕府诸贤，子可遍谒之，月旦其优绌以语我。”某诺而出。次日，复命曰：“军中多豪伟士，然某于其间得二君子人焉。”文正惊询之，则涂制府宗瀛、郭中丞柏荫也。文正益心折称善，乃待为上客。顾一时未有以处之，姑令督制炮船。未几，忽挟千金遁去。所司以闻，请发卒追捕，文正默然良久曰："休矣，置之可耳。"所司莫测其意，惘然退。文正乃咄咄独坐，自循其须曰："人不忍欺，人不忍欺。"左右皆匿笑。闻其人卒折节为善士，为诸生以终。

左文襄轶事

左文襄之捷秋试也，与同年生湘潭欧阳某同舟北上。一日，文襄伏几作书，欧阳生问何为，曰："作家书耳。"有顷，舟已泊。文襄匆匆登岸纵眺，书稿置几上，尚未缄封也。欧阳生因取视之，书中叙别家后情事，了无足异者。惟中间叙及：一夕，泊舟僻处，夜已三鼓，忽水盗十余人皆明火持刀入舱，以刃启己帐，己则大呼，拔剑起，力与诸贼斗，诸贼皆披靡，退至舱外。己又大呼追之，贼不能支，纷纷逃入水中。颇恨己不习泅，致群盗逸去，不得执而歼旃也。欧阳生读之，大愕，自念同舟已十余日，果有此事，己何以不知？然家书特郑重其事，又似非子虚。因召文襄从者问之，亦愕然不知。又召舟人问之，皆矢言实无其事。

未几，文襄徐步返舟，欧阳生急诘之。文襄笑曰："子非与我同梦者，安知吾所为耶？"欧阳生曰："梦耶？何以家书中所言，又若真有其事也？"曰："子真痴人矣，昨晚吾偶读《后汉书·光武纪》，见其叙昆阳之战，云垂海立，使人精神飞舞，晚即感此梦。乃悟前史所叙战事，大半皆梦境耳。安知昆阳之役，非光武偶然作此梦者？子胡为独怪我耶？信矣！痴人之不可与说梦也。”

吴县吴清卿中丞之督学陕甘也，按试至兰州。于时左文襄甫肃清关内，方布置恢复新疆之策。文襄固夙以武侯自命者，平时与友人书札，常署名为“今亮”。中丞下车观风，即以“诸葛大名垂宇宙”命题。文襄闻之，甚喜。次日，班见司道，故问：“新学使昨日观风，其命题云何？”司道具以对，文襄拈髭微笑，不语者久之，徐曰：“岂敢！岂敢！”

左文襄联语

先外祖巴陵刘湘浦先生，讳树森。弱冠，以刑名学游幕秦中，历佐诸节使幕四十余年。为文章宗法柳州，简练峭洁，奏牍之文，一时无两。每遇极繁赜琐屑之事，他人数十语所不能尽者，先生辄以数语了之，而曲折奥窔，无不毕举，以是名动九重。咸丰中，曾卓如中丞望颜入觐，文宗曾以先生名垂询，士论以为至荣。

先生之薨也，左文襄以一联挽之曰：

约秦法三章；弱楚材一个。

联长盈丈，作擘窠书，字径几二尺许，为文襄生平极得意书。有劝诸舅氏以此泐诸墓门者，以尺度过长，竟不果。

左文襄遗议

左文襄戡定西陲，功名与曾、李埒，然实有未尽满人意者。其奏疏铺排战功，半属子虚，所以奏廓清之绩者，纯恃招降以集事耳。肃州之役，一败涂地，几不能军。幸虏酋无远志，涎降人待遇之优，排众议而就抚，关内赖以奏肃清，然亦危矣。

近读江都史绳之中丞念祖《复程伯宇》一书，其诋诃甚至。史晚节为人不足重，而此书则不可谓非实录也，今节录于下：

（上略）足下来书，下询边徼汉、唐之形势，近代之变迁。每欲作札略述近日攻剿之机，边民流离之惨，辄咄咄不能置一语。嗟乎！塞则犹是也，汉、唐守备之故，形势阻隔之险，久不复闻矣。方谓山迁河改，无事法古，安问当年形势乎？国朝乾、嘉之间，抚驭箝制，漫不复稽，遑问汉、唐乎？嗟乎！幸仆笔拙目短，不足准古证今，以报足下之命。不然，将历考其羁縻之失，而追录其倾覆抽钝之由，曲述其遁饰之隐，屠戮之虐，搜括罗织之苛，使九边泣血之死声，千里暴骨之惨状，一旦而毕呈于足下之前，亦足下之所不忍闻也。足下乃谓仆之西行可以有为乎？昔者颜子将之卫，请于夫子，夫子曰："嘻，若殆往而刑耳。"仆虽不敏，独不惧死于暴人之前乎？（下略）甘肃僻处天西，风气朴僿，士人仅知帖括。兵兴十余年，未有能著一书以述攻战之迹者。文襄持节西征，又极力牢笼士大夫，结其欢心，使不持异议，故竟无一人能发其骄愎粉饰之情状。呜乎！使多忠勇不死，关陇可百年无患也。幕燕之危，岩坛之险，孰实为之？江统徙戎之论，读之有余悲已。

闻人言，史少年时目不知书，既贵，乃折节向学。此文郁硉㟮岸，直摩唐人之垒，非规抚两宋、以时文为古文者所能，不可谓非奇士也。

李文忠公遗事

甲午以前，人皆詈李文忠媚外，今沟犹瞀儒尚持此论。

不知文忠卑视外人之思想，始终未尝少变，甲午以后，且益厉焉。其对外人，终不以文明国人待之。此老倔强之风力，今安得复睹其人哉！

其使俄也，道出日本，当易海舶，日人已于岸上为供张行馆，以上宾之礼待之。文忠衔马关议约之恨，誓终身不复履日地，从人敦劝万端，终不许，竟宿舟中。新船至，当乘小舟以登，询知为日本舟，遂不肯行。船主无如何，为于两舟间架飞梁，始履之以至彼船。

其晚年直总署也。总署故事，凡外国使至，必以酒、果款之，虽一日数至，而酒、果仍如初，即此项已岁糜数千金。公至署，诸使来谒，署中依例以酒、果进，公直挥而去之，曰："照例，外宾始至乃款以酒、果，再至则无之也。"诸使皆色变，然竟不能争。

法使施阿兰狡甚，虽恭忠王亦苦之。公与相见，方谈公事，骤然询曰："尔今年年几何矣？"外人最恶人询问年龄，然慑于公威望，不能不答。公掀髯笑曰："然则是与吾第几孙同年耳。吾上年路出巴黎，曾与尔祖剧谈数日，尔知之乎？"施竟踧踖而去，自是气焰少杀矣。

丁酉岁暮，俄使忽以书来求见，公即援笔批牍尾曰："准于明日候晤。"时南海张樵野侍郎在座，视之愕然，曰："明日岁除矣，师尚有暇晷会晤外人乎？俄使亦无大事，不过搅局耳，不如谢却之。”公慨然曰：“君辈眷属皆在此，儿女姬妾，团栾情话，守岁迎新。惟老夫萧然一身，枯坐无俚，不如招三数洋人，与之嬉笑怒骂，此亦消遣之一法耳。明日君辈可无庸来署，老夫一人当之可矣。”其侘傺如此。

阎文介遗事

朝邑阎文介公敬铭，状貌短小，二目一高一低，恂恂如乡老。未第时，尝就大挑，甫就班跪，某亲王遽抗声曰：“阎敬铭先起去。”公深以为恨，常慨然叹曰：“一岁三落第，而会试不与焉。”盖公于是岁试中书、教习，皆被摈也。其后入翰林，改官户部。胡文忠奏调总办东征粮台，疏中有“阎敬铭气貌不扬，而心雄万夫”之语。未几，即超擢藩臬，晋抚山东。东事既定，公亦乞病解组。以故居逼近大河，时虞水患，乃徙居解州之运城。

光绪元年，秦晋大饥，奉命偕曾忠襄公督办晋赈。吉州牧段鼎燿冒侵赈款，奏斩以徇。诸官吏皆惕息，莫敢骫法。晋人歌咏其事，至以比包孝肃。辛巳冬，与南皮张文达同被召命，长户部，知遇之隆，一时无两。癸未春，奏结云南报销案，公与枢臣同入见，奏对至三时许。太后以某事问恭王，王奏曰："此事丹翁知之最悉，太后可问彼。"后顾公亦曰："丹翁以为何如？"公闻命，惶悚万状，亟免冠叩首，众皆不喻其故。后徐悟，微笑曰："汝以吾误称汝字耶？吾敬汝德望，在宫中语及汝，未尝不以字也。"一时闻者以为异数。

光绪甲申，法、越事亟，北宁失守。慈圣下手诏，责枢臣襄赞无方，尽退恭忠亲王以下诸公，而以礼亲王世铎及文介、张文达、额勒和布诸公代之。时高阳李文正以协办大学士降调侍郎，协揆一缺应由吏部具题请旨。先一日，召枢臣面议，文介力保文达及徐荫轩相国。慈圣犹豫久之，曰："用他们不如用你。"文介亟顿首谢，不允。次日，枚卜之命遂下。

文介长户部数年，其最有力之改革，即以汉司员管理北档房是也。故事，天下财赋总汇，皆北档房司之，而定例北档房无汉司员行走者。以故二百余年，汉人士大夫无能知全国财政盈绌之总数者。文介为户部司员时，夙知其弊，及为尚书，即首建议，谓："满员多不谙握算，事权半委胥吏，故吏权日张，而财政愈棼，欲为根本清厘之计，非参用汉员不可。"当时满司员尚无所可否，而胥吏皆惧失利权，百计沮之，文介毅然不少动。幸是时慈圣眷公方殷，竟从其请。邦计出入之赢缩至是乃大暴于天下，此亦满、汉权力消长之一大事也。

文介既得政，忽失慈眷，此中盖有秘密之关系。论者举谓“慈圣方兴三海、颐和园之役，而文介靳不与款，以此恶而逐之者”，犹是皮相之论也。

初，文介极敬戚畹某上公之清节，某上公亦极意交欢文介。文介遂力请以某上公为满尚书，冀收和衷共济之益。某上公既为尚书，则又进福文慎锟于文介，文介亦器其材，奏为户部侍郎以自副。某上公与文慎既同得志，朋比而倾文介，所以龉龁者备至，文介遂以此积失慈眷，不得不求去矣。初以久疾请解机务，专办部事，疏上，遽得请，都下皆骇然，莫喻其故。然此时文介虽管部，而权力已大逊为尚书时，故常请假不至署。会江西布政使李嘉乐、署陕西布政使李用清皆奉旨开缺候简，二李皆一时廉吏，为文介所举，而被疆臣劾罢者也。命下，文介方在告，遽奏辨赣、陕两抚之诬，请旨收回成命。疏入，奉旨严行申斥，责以不谙国家体制。公于是遂决浩然之志矣。

然其归也，犹温旨慰谕，俾驰驿归里，食全俸，且戒以“国有大事，宜随时以所见入奏”。及其薨也，乃仅赠太子少保衔，一切辅臣恩泽俱不得与。故事，辅臣身后，必晋三公，即不能，亦当赠太子太师。今以一品大臣，而身后饰终之典，乃以二品衔予之，国朝二百年间，盖公一人而已。是时，几并予谥而靳之，赖南海张樵野侍郎力争，始得请。内阁原拟“清、勤、悫、介”四字，朱笔独点用第四字，亦不满之意也。

光绪乙巳冬，薄游汉皋，宿汉阳兵工厂。厂吏某君，咸、同时旧人也，年七十许矣，犹及事胡文忠，为述文忠及朝邑阎文介公遗事甚悉。

文介之署鄂藩也，文忠已薨，官文恭为总督，新繁严渭春中丞树森继文忠为巡抚。严公原籍渭南，盩厔李午山方伯宗寿知武昌府，皆文介乡人也。故事，两司必兼督抚总营务处衔，故能节制诸将领。某弁者，文恭之娈童也。文恭宠之甚，令带卫队，且保其秩至副将。某居然以大将自居，恃节相之宠，势张甚，视两司蔑如也。

一日，帅亲兵数人闯城外居民家，奸其处女，女哭詈不从，以刀环筑杀之而逸。其父母入城呼冤，府县皆莫敢谁何。文介闻之，大怒，急上谒督署。某弁固知文介之必不赦己也，先入督署，求救于文恭，文恭匿之。有顷，文介已上谒，文恭辞以疾。文介称有要事，必欲面陈，如中堂不可以风，即卧室就见亦无妨。阍者出，固拒之。文介曰：“然则中堂病必有痊时，俟其痊，必当传见，吾即居此以待可耳。”命从者自舆中以襆被出，曰：“吾即以司道官厅为藩司行署矣。”卧起于官厅者三日夜。

文恭嘱司道劝之归署，必不可。文恭窘甚，以严、李两公与文介同乡，急命材官延之至，浼其为调人，而自于屏后窃听之。二公譬谕百端，文介终不屈，誓不斩某弁不还署。文恭无所为计，乃自出，相见即长跽，文介岸然仰视，不为动。严公乃正色曰：“丹初亦太甚矣，中堂不惜屈体至此，公独不能稍开一面网乎？”文介不得已，则趋扶文恭起，与要约：立斥某弁职，令健儿解归原籍，立启行，无许片刻逗遛。文恭悉允诺，乃呼某弁出，令顿首文介前，谢再生恩。文介忽变色，叱健儿执诣阶下，褫其衣，重杖四十。杖毕，立发遣以行。事讫，始诣文恭前长揖谢罪。

然文恭由是益敬惮文介，且密疏保奏，俾抚山东。文介之执法不阿，固未易及，而文恭之休休有容，不以私憾废公义，又岂能求之于今日哉？

倭文端沮开同文馆

同文馆之始开也，朝议拟选阁、部、翰林官年少聪颖者肄业馆中。时倭文端方为首揆，以正学自任，力言其不可。御史张盛藻遂奏称，天文、算法宜令钦天监天文生习之，制造工作宜责成工部督匠役习之，文儒近臣不当崇尚技能，师法夷裔。疏上，都下一时传诵，以为至论。虽未邀俞允，而词馆曹郎皆自以下乔迁谷为耻，竟无一人肯入馆者。朝廷岁縻巨款，止养成三数通译才耳。

方争之烈，恭忠亲王奏命文端为同文馆大臣，盖欲以间执其口也。文端受命，欣然策骑莅任，中途故坠马，遂以足疾请假。朝廷知其意不可回，亦不强之。

文端之薨也，巴陵谢麐伯太史以联挽之曰：

肩正学于道统绝续之交，诚意正心，讲席敢参他说进；

夺我公于国是纷纭之日，攘夷主战，明朝无复谏书来。

当时士大夫见解如是，宜乎郭筠仙、丁雨生皆以汉奸见摈于清议也。国之不竞，诸君子乌能辞其责哉！虽然，今日国家固已兴学矣，固已重用留学生矣，而效果究何在耶？吾恐文端诸人方齿冷于地下，而持“用夷变夏”之说者，且益张其焰而助之攻也。噫！

恭王用人之公

光绪癸未春，豫抚李鹤年以王树汶案革职。孝钦召见枢臣，谋代者。高阳李文正举今相国定兴鹿公，宝文靖举觉罗成孚，两人皆藩司，资望相埒。孝钦疑未能决，顾问恭忠王，当与何人。王对曰："成孚亦甚好，但满员，恐不谙民间利病。豫省吏治甚颓敝，不可不简授清望之员以矫之，用成不如用鹿。"议遂定。会河督梅启照亦缘是案罢斥，乃命成孚署河督印务。贤王之立贤无方如此。

朱提督洪章遗事

曾忠襄之克秣陵也，大将李臣典、萧孚泗咸膺上赏，锡封子、男。而不知悉黔将朱洪章一人之功，李、萧皆哙伍耳。

洪章，黔之镇远人。胡文忠为镇远守，洪章以亲军隶麾下，文忠壮之。及陈臬湖北，遂挈以自随。肃清武汉，实为首功。文忠太夫人寿，洪章使酒骂座，忤其曹偶。文忠虑不为诸将所容，因遣从曾文正军。文正因使帅精锐数千人，随忠襄捣金陵。忠襄部下皆湘将，洪章以黔人孤立其间，每有危险，辄以身当其冲，以此知名，忠襄益倚重之。初开地道于龙脖子，垂成而陷，健儿四百人歼焉，皆洪章部下也。二次地道成，忠襄集诸将，问孰为先入者，众皆默无言。洪章愤，愿一人为前驱，从烟焰中跃上缺口，以矛援所部，肉薄蚁附而登，诸将从之入，城遂复。

臣典于次日病卒，忠襄好语慰洪章，使以首功让臣典，而己次之，洪章慨然应诺。及捷报至安庆，文正主稿入奏，乃移其次第，以洪章为第四人。于是，李、萧皆封子、男，而洪章乃仅得轻车都尉，殊不平，谒忠襄语及之。忠襄笑而授以佩刀曰："捷奏由吾兄主政，实幕客李鸿裔高下其手耳，公可手刃之。"洪章一笑而罢。其后，终云南鹤丽镇总兵。

张文襄督两江时，洪章犹在，然闲废久矣。文襄为奏起之，使募十营，驻守苏、浙间之金山卫，军纪肃然，市廛不扰。未几，以积劳触发旧伤卒于军。吴人至今犹感其惠云。

张汶祥案异闻

张汶祥刺杀马新贻一案，当时问官含糊了事，以故事后异论蜂起。大抵皆谓马新贻渔色负友，张汶祥为友复仇，近人且以其事演成新剧，几于铁案不可移矣。然以蒙所闻，则有大异者。

张初在发逆军中，为李侍贤裨将。金陵既下，侍贤南窜闽、广，数为官军所败。汶祥知其必亡，阴怀反正之志。会有山东人徐姓者，仕为武职，被贼掠去。适与汶祥同营，二人遂深相结纳，谋同逃，誓富贵无相忘。未几，竟得脱，时马已官浙抚矣。徐与同乡，故相识，遂留其幕下为材官。而张则展转至宁波，开小押当自给。

一日，张至杭访徐，徐留与饮。酒酣，徐忽慨然曰："'窃钩者诛，窃国者侯。'古人信不吾欺。以堂堂节帅之尊，而竟甘心外向，曾无人发其覆者。而吾侪小人，不幸被掳，伺便自脱，官府犹以贼党疑之，或竟求生得死。天下不公之事，孰有甚于是者！"张异其言，固询之。徐乃言："旬月前，抚帅得一无名书，发视之，新疆回部某叛王之伪诏也。马新贻故回回种人。伪诏略云：'现大兵已定新疆，不日入关东下，所有江浙一带征讨事宜委卿便宜料理'云云。马得书，即为手疏以报，略言：'大兵果定中原，则东南数省悉臣一人之责。'"张闻言大愤，拍案叫曰："此等逆臣，吾必手刃之以泄愤。"已而马下令禁私开押店，盘利害民，而张肆遂被封，益落魄无俚，杀马之志益决。未几，马已擢任江督，张适以事诣金陵，遂谋行刺。

是日，马未晓已出阅操，归署时甫黎明，张潜伏箭道门侧以俟。会有一山东人，漂泊白下，求马资助者，舆甫入门，其人即拦舆递呈。马探半身出接呈，张狙出进刃，刃从胁下入，本向上，张又力绞之，使下向。迨刃抽出，已卷作螺旋形矣，其用力之猛如此。马既饮刃，即大呼，谓左右曰："扎着了。"南人不明北语，误"扎"为"找"，故疑二人本相识，因以有复仇之说也。马死时，家有两妾，皆四十许，盖从马已廿余年矣。

张既被获，群拥之入署，两司集讯之。张据地趺坐，抑使跽，卒不肯。但问上坐者何官，曰："臬藩两司也。"笑叱曰："两司那配问我？请将军来，我始肯言耳。"有顷，将军至，讯其何以行刺，则曰："请先饬制台家属一律出署，再遣兵役围其内宅，我方肯说。"将军以语不伦，斥之。则曰："若是，吾终不肯言矣。"穷诘之，终不吐一语。不得已，乃屏左右，诱使吐实。始以徐语告，且曰："公不信，第遣人往搜其秘箧，苟不得伪诏者，吾甘伏反坐之罪。"问官闻此，咸大惶惑，不欲兴大狱，故矫为狱词，而亟磔张于市，实则终无确供也。莫子偲先生之弟某于时署江宁府，亲睹其事云。

林夫人书稿

沈文肃公夫人林氏，为文忠公女。其乞援饶廷选以保广信府城事，人艳称之，而书稿则多未之睹，亟录于此。书云：

将军漳江战绩啧啧人口，里曲妇孺莫不知有饶公矣，此将军以援师得名于天下者也。此间太守闻吉安失守之信，豫备城守，偕廉侍郎往河口筹饷招募。但为时已迫，招募恐无及。纵仓卒得募，恐返驱市人而使战，尤所难也。顷来探报，知贵溪又于昨日不守。人心惶惶，吏民商贾迁徙一空，署中童仆纷纷告去。死守之义不足以责此辈，只得听之。氏则倚剑与井为命而已。

太守明早归郡，夫妇二人荷国厚恩，不得藉手以报，徒死负咎。将军闻之，能无心恻乎？将军以浙军驻玉山，固浙防也。广信为玉山屏障，贼得广信，乘胜以抵玉山，孙、吴不能为谋，贲育不能为守，衢、严一带恐不可问。全广信即以保玉山，不待智者而后辨之，浙大吏不能以越境咎将军也。

先宫保文忠公奉诏出师，中道赍志，至今以为深痛。今得死此，为厉杀贼，在天之灵，实式凭之。乡间士民不喻其心，以舆来迎，赴封禁山避贼，指剑与井示之，皆泣而去。太守明晨得饷归后，当再专牍奉迓。得拔队确音，当执爨以犒前部。敢对使百拜，为七邑生灵请命。昔睢阳婴城，许远亦以不朽。太守忠肝铁石，固将军不吝与同传者也。否则，贺兰之师，千秋同恨，惟将军择利而行之。刺血陈书，愿闻明命。

高心夔遗事

故协办大学士、户部尚书宗室肃顺为三凶之魁，卒以大逆伏诛，然其才识在一时满大臣中实无其比。发逆荡平之由，全在重用汉臣，使曾、胡诸公得尽其才。人第知其谋之出于文文端庆，而不知帷幄之谋皆由肃主持之。徒以戊午科场大狱，为科甲中人所切齿，故恶而不知其美耳。肃虽痛恨科甲，而实爱才如渴。一时名士，咸从之游，湘潭王闿运、湖口高心夔其尤著也。

方左文襄之佐湖南幕府也，为蜚语所中，疾之者争欲置诸死地，祸几不测。微肃之论救，必无幸矣。方狱事急时，文襄故交某君走京师，诣高谋之。高即入言于肃，肃曰："论救吾当力任之，然必外廷汉官有上疏言之者，上必垂询，某乃可尽言。不然，某素不与外官交通，上所深知，今无端言此，适以启上疑耳。”高出谋于众，众皆畏祸累，蔑敢应者。吴县潘文勤时官翰林，慨然单衔入奏，请以百口保左宗棠无他。上果持其疏询诸枢臣，肃顿首奏：“潘祖荫国家世臣，所保必可信，请姑宽之，以观后效。”因乘机极言满将帅腐败不可恃，非重用汉臣不可。上大感动，即可潘奏。文襄获无事，旋即大用，而曾文正督师之局亦定于此时。肃之功顾可没哉！文襄历任闽、陕、两江，于京朝士大夫向不致馈冰炭，独于文勤每岁必以千金为贶，讫终身无间。

高举己未进士，相传礼部发榜后，肃为之竭力揄扬于公卿间，必欲以第一人处之。及复试保和殿，钦命诗题，官韵限十二文，而高误押入元韵一字，因置四等，罚停殿试一科，肃亦为懊丧无已。次岁庚申恩科，高胪唱列入二甲。肃于朝考前一日探得诗题为“纱窗宿斗牛”，得“门”字，唐人孙逖《夜宿云门寺》诗也。亟召高至，密以题纸授之，且勖曰：“此番好为之，朝元当可望也。”入场，题下，果符，通场三百人无识出处者。高意得甚，自命不作第二人想。出场后，持诗稿即往谒肃，肃览之，顿足曰：“完矣！完矣！”盖通首除官韵外，其七字皆押入十一真部也。翌日榜发，复列四等，引见得归班铨选。王壬秋尝戏以联语赠高曰：

平生双四等；该死十三元。

嘻，谑而虐矣。

自肃伏法后，高益潦倒无聊俚。文襄由陕督入军机，高犹旅食京师也。文襄出督两江，亟为高报捐道员，指分江南，嘱其先行到省以俟。高引见毕，即由海道南下。文襄由内地徐徐行，抵瓜洲，司道以下官皆渡江迎谒，独不见高来，奇之。俄渡江至金陵城外，高犹未来，文襄不能忍，询诸藩司某，某愀然对曰："高道于昨日逝矣。"文襄亟往临哭之，为不怡者累日。嗟夫，迷信家恒谓君相能造命，岂其然哉。高号伯足，江西湖口人，同治末年官吴县知县，光绪七年卒于吴中。

延树南宗伯之大节

光绪丙戌三月，孝钦太后率德宗恭谒东陵。至定东陵，孝贞显皇后陵也。銮舆甫至，未行礼，先诣配殿小憩。所司以礼节单呈进，后阅之，色顿不怿，掷之地，命另议以进。盖照例拈香进酒，须跪拜，故后不愿也。是时，高阳李文正为汉尚书，闻命，色变，战栗不敢出一语。满尚书延树南宗伯煦独奋然曰："此不能争，国家何用礼臣为？公不敢言，我当独面奏。"即肃衣冠入见，跪殿门外，大言曰："太后今日至此，两宫垂帘听政之礼节无所用之，唯当依显皇帝在时仪注行之耳。”后闻奏，失色，命之起。公对曰：“太后不以臣不肖，使待罪礼曹，见太后失礼而不敢争，臣死无以对祖宗。不得请，誓不敢起。”后不得已，可其奏，公乃徐谢恩起。当是时，同列皆汗流浃背，公从容如平时，卒成礼而后归。是科会试改十一日入场，盖车驾初八日始还京也。

薛云阶司寇之法学

前明六部权最重，为部郎者，率视外任如左迁。国朝官制无异明代，而部权之衰，则一落千丈矣。士大夫起家进士，任曹司二三十年，京察注上考，始得一麾出守。同侪望而羡之，真有“班生此行，何异登仙”之慨。噫，可以观世变矣！诸曹司事权皆在胥吏，曹郎第主呈稿画诺而已。惟刑部事非胥吏所能为，故曹郎尚能举其职。刑部事统于总办秋审处，额设提调、坐办各四人，主平亭天下秋审、监候之狱，必在署资深，且深通律学者，始获充是选。

长安薛云阶尚书允升官提调十余年，始获外简。甫六岁，复内擢少司寇，洊长秋官，掌邦刑者又二十年，终身此官。其律学之精，殆集古今之大成，秦汉至今，一人而已。尝著一书，以大清律例为主，而备述古今沿革，上溯经义，下逮胜朝，比其世轻世重之迹，求其所以然之故，而详著其得失，以为后来因革之准。书凡数十册，册各厚寸许，卷帙繁重，竟无人能为任剞劂者，恐日久终不免佚阙矣。

尚书清癯瘦削，若不胜衣，而终日端坐读书无倦容。语音极小而清朗，每在稠人大会中忽发一言，虽坐离数丈者亦闻之历历，不啻促膝对语。而大声雄辩者，其音反为所掩。盖寿相，亦异禀也。尝言："士大夫一生，学问为一事，科名为一事，官职、名誉又各自别为一事，兼是四者，古今殆罕其人。以王荆公之道德气节，而宋儒至侪诸卢杞。包孝肃使生于两汉时，在《酷吏传》亦不过仅居下驷之列，而至今妇孺皆知，奉为神明。名实何必相符？史册安有定论耶？"尝为嘉兴沈乙盦述之，乙盦叹息，以为至言。

宝文靖遗事二则

恭忠亲王在政府与宝文靖相得，王恒呼文靖为龟。一日，退值偕行，过一丰碑下，王指负碑之赑屃，戏文靖曰："此为何物？"文靖正色对曰："王爷乃不识此物乎？此龙生九种之一耳。"王亦鼓掌大笑。

宝相国退闲后，常语门下士曰：“吾他日身后得谥文靖，于愿足矣。”及其薨也，易名之典，适符素志。盖门下士具以公意启枢臣，而枢臣为之乞恩也。

多忠勇公轶事

中兴诸将之善战者，以多忠勇公隆阿为最。公之战功，始于东南，而终于西北。东南战事最久，而不如西北关系之重。盖其在东南，不过攻城、野战之勋；而在西北，则仗钺专征，独当一面也。同治元年，陕回乱起，朝廷以胜保为钦差大臣，帅师西征。胜保在皖北颇著声绩，及西入关则锐气顿挫，株守省垣，日纵淫乐，不敢言战事。言者交章论劾，诏逮治入京，而以公代之。

回匪逆巢在渭北者，凡三城。最东曰羌柏，在同州，迤西有苏家沟，再西为渭城，苏家沟、渭城皆在咸阳境。贼于渭城建府治，盖居然以伪都视之矣。公督师入关，径趋羌柏，力战三日夜，克之，歼悍贼几尽。移师西指，群贼慑公威，苏、渭两城皆一鼓下，陕回皆西走甘肃。大军方欲上陇，而蜀匪骤出山，据盩厔、鄠县，乃移师而南。盩厔甫下，公亦致命。千钧之弩，伤于鼷鼠，惜哉！

回逆最悍，耐战过粤匪远甚，赖公先后十余战，尽枭其魁桀。左军西征，直因公成局而蒇其事耳。微公造攻于先，后来成败未可知也。然公苟不死，则必举逆孽而尽殄之，平、庆、泾、固间无花门纵迹矣。文襄后来招抚，直出于不得已。车箱之峡，隐忧方大，安得起公九京而付以西陲之事哉？

公致命后，秦人德之甚，虽妇孺无不下泪者，而驻防旗丁独深憾之。方贼之围攻省城也，官军分城而守，东北隅在满城内，故旗营主之。佐领某潜输款于贼，约为内应，期以六月望夜分，贼舁云梯，由东北角楼下登城，而某自城上援之。至期，大风雨，贼所持草炬皆湿，不能燃，迷失路，反向北行。奔驰至晓，则已在渭滨，去城四十里矣。某得贼贿千金，欲奄有之，其党大愤，遂上变，将军乃斩某以徇。贼旋败退，城幸得全。

公既抵陕，闻其事，乃震怒，立奏诛同谋者数十人，而尽革旗营月饷。当是时，旗丁衣食无所资，相率拆售屋材以糊口，鬻子女、卖妇者相属也。公薨后，继任者始奏复之。故旗丁憾公特甚，至今公专祠中，春秋社赛，旗人无一至者。

国朝列女传三人

曾见达县吴季清先生所著笔记，有纪国朝列女三事，云闻之湘潭王壬秋。后读壬秋《湘绮楼全集》，有此三传，而所纪详略各不同。第一传香妃事，以孝圣宪皇后为主，与季清所纪宗旨更互异。因忆而录之，以备异闻。季清殉节三衢，尽室国殇，遗著悉葬之烈火中矣。录此三事竟，犹想见宣南冷寺中掀髯剧谈时也，黄垆腹痛之感，不禁涕泗之交集矣。

回部王妃某氏者，国色也，生而体有异香，不假熏沐，国人号之曰“香妃”。或有绳其美于中土者，高宗纯皇帝微闻之。西师之役，将军兆惠陛辞，上从容语及香妃，命兆惠一穷其异。回疆既平，兆惠果生得香妃，致之京师。先密疏奏闻，上大喜，命沿途地方官吏护视起居维谨，虑风霜跋涉致损颜色，兼以防其自殊也。

既至，处之西内。妃在宫中意色泰然，若不知有亡国之恨者。唯上至则凛如霜雪，与之语，百问不一答。无已，令宫人善言词者谕以指，妃慨然出白刃袖中，示之曰：“国破家亡，死志久决。然决不肯效儿女子，汶汶徒死，必得一当，以报故主。上如强逼我，则吾志遂矣。”闻者大惊，呼其侣，欲共劫而夺之。妃笑曰："无以为也，吾衵衣中尚有如此刃者数十计，安能悉取而夺之乎？且汝辈如强犯我者，吾先饮刃，汝辈其奈何？"宫人不得要领，具以语白上，上亦无如何。但时时幸其宫中，坐少选即复出，犹冀其久而复仇之意渐怠也。则命诸侍者日夜逻守之，妃既不得遂所志，乃思自戕。而监者昕夕不离侧，卒无隙可乘而止。妃至中土久，每岁时、令节思故乡风物，辄潸然泣下。上闻之，则于西苑中妃所居楼外，建市肆、室庐、礼拜堂具如西域式，以悦其意。今其地尚无恙也。

时孝圣宪皇后春秋高，微闻其事，数戒上毋往西内，且曰："彼既终不肯自屈，曷弗杀之以成其志？无已，则权归其乡里乎？"上虽知其不可屈，而卒不忍舍也。如是者数年，会长至圜丘大祀，上先期赴斋宫，太后瞯上已出，急令人召妃诣慈宁宫。妃既至，则命镉宫门，虽上至不得纳。乃召妃至前，问之曰："汝不肯屈志，终当何为耶？"对曰："死耳。"曰："然则今日赐汝死，可乎？"妃乃大喜，再拜顿首曰："太后天地恩，竟肯遂臣妾志耶？妾间关万里，所以忍辱而至此者，唯不欲徒死，计得一当以复仇雪耻耳。今既不得遂所志，此身真赘旒，无宁一瞑不视，从故主地下之为愈矣。太后天地恩，竟肯遂臣妾志，臣妾地下感且不朽。"语罢，泣数行下。太后亦为恻然，乃令人引入旁室中缢之。

是时，上在斋宫已得报，仓惶命驾归。至则宫门已下键，不得入，乃痛哭门外。俄而门启，传太后命，引上入，则妃已绝矣，肤色如生，面色犹含笑也。乃厚其棺殓，以妃礼葬之。

旧史氏曰：“吾读亡国之史，至于晋羊后、北齐冯淑妃、南唐小周后之遗事，未尝不废书三叹也。即孟昶宫人费氏赋诗见志，慨国无男，未尝不志节佼佼，然卒之失身宋祖。虽巽辞自解，潜祀故君，然亦儿女子之爱情而已，未足以为训也。今世所祀张仙，起于宋世。本花蕊夫人在宫中潜祀孟昶，一日艺祖见而问之，则诡以张仙对，谓妇人祀此像者可以生男，艺祖乃释然。宋人说部中多载其事。呜乎！孰谓域外远夷巾帼中乃有荆轲、豫让其人耶？钱牧斋、龚芝麓之徒可以愧死矣。”

旗人某氏女者，父为骁骑校，夫妇老而无子，且家赤贫，恃女针黹以养，缝浣湢厨之事悉一身兼之。女略识文字，有暇则聚邻童教以识字，藉博升合资。时咸丰初年也。

一日，禁中选秀女期届，女名在籍中。闻报，抱父母恸哭，念已入宫，父母老无依，且展转死沟壑，欲奉亲以遁者数矣。故事，无问官民家女，既当选，则以官监守之，虑其遁也。女既不克脱，不得已届期随众往，排班候驾于坤宁宫门外，时天甫黎明也。

是时，金陵甫失守，羽书络绎至，上忧劳旰食，每枢臣入见议战守事，辄至日昃乃退。民家女初入宫禁，已战栗不自胜，又俟驾久，罢倚不能耐，重以饥渴交迫，相向饮泣。监者叱之曰："圣驾行且至，何敢若此，不畏鞭笞耶？"众闻言，愈战惧欲绝。女勃然起，厉声语监者曰："去室家、辞父母以入宫禁，果当选，即终身幽闭，不复见其亲。生离死别，争此晷刻，人孰无情，安得不涕泣？吾死且不畏，况鞭笞乎？且赭寇起粤峤间，不数载悉长江而有之，今遂陷金陵，天下已失其半。天子不能求将帅之臣汲汲谋战守，以遏贼锋，保祖宗大业，而犹留情女色，强攫民家女幽之宫禁中，俾终身不获见天日，以纵己一日之欲，而弃宗社于不顾，行见寇氛迫宫阙、九庙不血食也。吾死且不畏，况笞鞭乎？"监者大惊，急掩其口。而上适退朝，御辇已至前矣。因共缚其手，牵诣上前，抑之跪，女犹倔强不肯屈膝。初女所言，上已微闻之，至是复笑问其故，女仍侃侃然奏如前语。上欣然喜曰："此真奇女子也。"亟命释其缚，令引入宫中，朝见皇后。时某邸方丧偶，谋续娶，因以女指昏焉。而罢所选秀女，使皆宁其家。

旧史氏曰："甚矣，人主听言之难也。往往师保疑丞，谏议拾补，竭其法语巽言，疏十上而不能一纾天听者。匹夫匹妇儿女子之流，顾能以一言感之，且其言恒有常人所不堪者，而英君谊辟，独能欣然容之，岂不奇哉？闻诸故老，列祖列宗之文学，以文宗为最优。御极之初，天下欣欣，有‘小尧舜’之称。然曾文正奏进孙文定三习一弊疏，请铭诸座右，圣意怫然，几欲降旨诘责，赖祁文端从容申解乃已。疏中所言较庶女呼号之词，其顺逆当不可同日语矣。乃彼所苦心孤诣而不能得者，此独于立谈间得之。诚以危言抗论，适中肯綮，且一出中心恻怛之至诚而丝毫无所矫饰故耳。然非文宗之圣，又胡能纡尊从谏若此哉？呜乎！此其所以拨乱反正，而卒基中兴之烈也欤。”

某氏者，河南民家女也，生而奇慧，乡里以“针神”誉之。少失怙恃，鞠于兄嫂，兄嫂皆钟爱之，为择配甚苛，故及笄犹无人委禽也。

女一日以麦草织雨笠，穷工极巧，钩心斗角，竭数十日力仅成一具。持付兄，俾诣市售之，曰：“第索价百金，无增减，有购者，即询其里居、姓字而谨识之。”兄讶曰：“一笠耳，恶能值百金？持以过市，人不将疑我狂耶？”女曰：“第如我言行之，必有购者。如其竟无人，不怨兄也。”嫂在侧，默喻其意，知女意在择偶也，因促其夫如妹言。兄不得已，持以出，阅三日，无人问价者，意女特訾言耳。日暮，倦欲归。忽一少年翩然来迎与语，衣履修洁，神宇闲雅，兄故所相识，邻村某高材生也。见所持笠，异之，把玩不释手。问持此何为，以求售对。询其价，以百金对。生沉思久之，恍然悟，即邀兄诣其家，出百金授之，而留其笠。兄微以言叩之，则生犹未娶也。归告妻，使以语妹，女果首肯，亟以媒氏往，婚遂成。卜日亲迎以归，伉俪果綦笃。婿家故无舅姑，惟夫妇二人，倡随之乐，诚万户侯不与易也。生宝爱草笠甚，令女为制锦韬藏其中，出必冠之，无间晴雨，归必手自拂拭，韬而悬之帷中，以为常。

数年后，女举一子，已呀呀学语矣。生有所善某富室子者，尝求昏于女，女以其无行，却之。至是，益妒生之得美妇也，谋所以间之者，乃阳纳交焉。恒招生为诗酒会，因道之为狭邪游，生惑焉，出辄数日不归。女忧之，乃婉语曰：“昨某君来吾家，吾于屏后窥其人，目动而言肆，是殆有异图，不可近也。”生未以为然，笑置之。

一日醉归，忽易笠而帽。女讶，问之，则已为某乘醉攫去矣。女默然，亦无一言。生倦而酣寝，晓始醒，则独卧于床，讶女胡早作，呼之不应，亟起视，已缢于窗棂间矣。生骇极，木立，大痛，茫不知其故。俯视碎锦狼藉地上，拾审之，即所以韬笠者，始悟女所以死。乃大痛悔，号泣数日，亦感疾死。此事与《湘绮楼集》大异。

旧史氏曰："《易》有之，'君子见幾而作，不俟终日'。若女者，可谓能见幾者矣。生之宝爱是笠也，非笠之足宝，宝制是笠者之人耳。夫以造次不肯相离之物，忽慨然举以与人而弗之惜，宠移爱夺之机朕矣。女也不死，其将坐待为班姬之扇、楼东之珠乎？嗟乎！使淮阴而知此，则必无云梦之擒。使陆敬舆而知此，则何至有忠州之谪？古今豪俊奇伟之士，如刘诚意者，庶其近之矣。"

李莲英女弟之指昏

李监莲英有一妹，国色也。辛卯、壬辰间，年甫逾笄，尚未适人。李数绳其美于孝钦，遂召入内侍起居。李妹故慧黠，善伺人意。孝钦宠之甚，呼为"大姑娘"。每日上食时，惟李妹及缪素筠女士侍后左右，同案而食，皇后及诸妃嫔皆立伺于旁。

一日，某福晋入宫候起居。福晋于孝钦为姊妹，入宫相见，未尝赐坐。是日请安毕，忽赐坐，福晋惊悚，逡巡不敢即坐。孝钦微哂曰："吾所以赐坐者，岂为尔乎？尔不坐，大姑娘不敢坐。彼汉装纤足，那能耐久立乎？"福晋愤甚，而不敢言，归即发病。

莲英之进其妹，本欲效李延年故事，而不悟上非渔色之主，所图竟不遂。莲英之惎上，此亦其一原因也。内务府司员某者，年少貌美，适丧妻，孝钦遂为李妹指婚焉。武进屠敬山水部寄《结一庐诗集》中有《宫词》二首，其一云：

偷随阿监入深宫，与别宫人总不同。

太母上头宣赐坐，不教侍立绣屏风。

又，某君《小游仙词》中一首云：

汉宫谁似李延年，阿妹新承雨露偏。

至竟汉皇非重色，不将金屋贮婵娟。

即咏此事也。

厨役高识

甘肃牛制府鉴，少时家綦贫，徒步走千余里至西安，肄业关中书院，无以给饔飧资，常寄食于院中之厨役某叟家。某叟伟其气宇，知必大用，不责偿也。牛后通籍，报以千金。及督两江，某叟犹健在，年逾七十矣，家亦小康。因往访牛，牛留之署中。

及鸦片战事起，牛附和奕山、伊里布等力主和议，陷陈忠愍、裕靖节于死。某叟乃大愤，驰书告其子，举家中产业，凡以牛赠金营运所殖者，悉斥卖之，汇其银至江南，计逾二千金。乃持以谒牛曰："牛先生，昔吾所以解衣推食者，以子气貌英伟，将来必大用，为国家名臣耳，岂望报乎？今子乃误国至此，吾义不受子之惠。请以昔所赠及历年所得子金悉还之子。吾仍为厨役，不虑饿死也。"牛亟起谢，竟拂衣去，告贷于乡人，乃得归。

闻牛同乡述此事，惜竟不知其姓名矣。"牛先生"者，牛昔为诸生时，某叟常以相称者也。

沈副宪之知遇

高宗纯皇帝训政时，三省教匪方炽，宵旰忧勤，视朝较平时恒早数时。一日，召枢臣，俱未至，独章京吴熊光入直，遂蒙召对。是日，即降旨以熊光为军机大臣。嗣后无召见章京者。

光绪甲申春，恭忠亲王、宝文靖、李文正诸公之出军机也，是日诸公皆已至直庐，方预备入对，忽奏事内监传旨，令王大臣皆毋庸入见，而单召领班章京沈源深进内独对。于是，诸公始知有大处分，前数日固毫无音息也。是日，承谕拟旨、述旨皆沈一人为之。

沈，河南祥符人，由进士部郎入直，是时方官大理寺卿。故事，领班章京回翔未久，必补军机大臣。沈又承特达知遇如此，众谓不日必当国矣。未几，升副宪，照例出枢廷，乃竟数年不迁，仅于庚寅恩科典礼部试。旋即下世，竟未得与爰立之选。信乎，升沉之有命也。

某太史遗事两则

某相国者，讲学家也。其兼翰林院掌院学士时，延一新留馆之某太史为诸孙授读。相国生平固深恶吸食雅片烟者。太史到馆数月，宾主极相契，相国方自喜为诸孙得良师。

一日，太史独坐斋中，整检箱箧中物，箧底固藏烟具，方一二拂拭刮磨，而生徒突自外入，亟掩藏之，则已无及矣。诸公孙下学归，因为相国言之。相国乃顿足太息，叹知人之不易，且惜太史之少年自暴弃也。

偶退朝回，步至书斋，就太史谈。移时，因及吸烟之害，遂反复痛切言之。太史悚息侧听良久，倏肃然起立，涕泗被面曰："某虽愚，亦知师言必为某而发，某不肖，未尝奉教于大君子之前。少时偶因疾病，药饵无灵，友朋因以吸烟劝。尔时不知其害，贸然从之，沉溺此中者十年矣。今闻师言，如梦初觉，十年来殆不可为人，自今日起，誓当痛绝之。”相国见其意诚，转抱不安，慰之曰：“君既因病吸烟，骤绝之，恐宿疾复发。但有志戒绝，渐进可耳。”太史曰：“不然，改过贵于勇猛，向不知其为害，相与安之。今既知其非义，则斯须不可淹留，‘朝闻道，夕死’之谓何？即使触发宿疾，遂致不救，不犹愈于为吸烟之人以终乎？”乃即相国前启箧，尽取其烟具出，毁而弃之。相国大叹异，所以慰藉之良厚。

太史自此日危坐斋中，不出跬步者两月余。相国谂知之，乃益服其进德之猛，改过之速，为生平所未见。留馆授职，未十年，遽保列京察一等，擢守雄郡。

实则太史生平并不吸烟也。

太史一日偕同官诣院接见，掌院学士每月三次诣院，至则召诸翰林来署坐谈数刻，每班十人，谓之“接见”。侍读以下至编、检皆与焉，庶子以上则否。盖翰苑职事清简，自清秘堂办事诸员外，罕有得见掌院者，故为此制，使堂属得常相见，藉以察其人之贤否也。相国从容问曰：“君比读何书？”太史答曰：“数日以来，未尝读书。适购得菊花数十盆，罗列厅事中，终日静坐其间，为养心之一助而已。”相国乃咨嗟太息曰：“数日未与君相晤语，所见又进一步矣。但君必观花始能养心，若老夫则空所依傍，虽目中未接一物，而此心常觉活泼泼地，似当较胜君矣。”太史栗然改容应曰：“吾师造诣，已至颜子‘心斋坐忘’境界，岂门生之所敢望？门生不过略有周茂叔‘绿满窗前草不除’之意耳。”始两人问答时，旁坐九人已不禁失笑，恐失仪，皆竭力抑制之。至此，不复能忍，竟哄堂大笑，遂匆匆而散。

浙案异闻

浙江葛毕氏一案，为光绪初四大案之一，自经部审平反，久成信谳矣。乃以蒙所闻，则颇有与当时案牍异者。盖葛品连虽未被谋害，要非良死，葛毕氏亦实非良家妇也。

毕故余杭土妓，杨乃武与县令刘锡彤之子皆昵之。杨以诸生武断乡曲，常恃刘为护符，刘亦藉杨为爪牙，故二人相得甚欢，而以毕氏为之媒介。杨既捷秋试，家计顿裕，毕氏遂议委身事之。谋既定，为刘所侦知，乃大愤，于是谋所以陷杨者，而适有品连死事。

品连者，毕之夫，鲁而懦。毕平时故庸奴畜之，品连不能堪，因乘间服阿芙蓉膏以死。刘诇知之，则大喜，即召品连之出母某氏者至，饵以厚贿，俾投状诉冤，称子被二人者谋死。县令逮杨及毕氏至，胁以严刑，五毒备施，不胜楚，皆引服。

浙之士大夫则起而大愤，谓“杨虽非端人，而品连实非所谋害，县令疾其把持公事，藉事锄之耳”，乃合词控诸都察院。然葛品连之服毒果实，则杨之冤终无由雪，故坚称品连实病死，而非毒毙。后事下学使者复讯，仍以原谳上。浙京官益恚，再疏争之，而刑部提讯之旨下。部檄至浙，令县令亲解尸棺入都。浙绅闻之，大惧，亟谋乘夜启品连棺，以它尸易之。刘令故贪鄙，署中吏役莫不恨之次骨，故无一人泄其事者。刘令行时，尚阳阳自得，语人曰：“品连服毒固确，杨乃武终无由卸罪，吾行骑款段出都门矣。”既抵部，部臣奏请开棺蒸验，先照例询刘令是否真苦主尸棺，刘答以无讹，且循例具亲供甘结。棺既开，刘乃大愕，曰：“此似非真尸矣。”问官叱之曰：“尔已具结于先，今尚何狡辨为？”刘遂俯首无一辞。

案既结，杨及毕氏皆释放，巡抚、学使、臬司及历次承审道、府、州、县皆革职、降调有差。刘令发黑龙江，遇赦不赦，时年已七十矣。

镇平王树汶之狱

河南南阳府镇平县猾胥胡体安者，盗魁也。河南以多盗故，州县皆多置胥役，以捕盗为名。大邑如滑、杞，隶卒皆多至数千人，实则大盗即窟穴其中。平时徒党四出，劫人数百里外，裒其所得献诸魁。大府捕之急，则贿买贫民为顶凶，以消案。有司颟顸，明知其故，而莫敢究诘。盗风乃益炽，体安凶猾尤冠其曹。

一日，使其徒劫某邑巨室，席所有以去。鸣诸官，案久未破。巨室廉知体安所为，则上控司院，巡抚涂宗瀛檄所司名捕之。体安大窘，阴与诸胥谋，以其家童王树汶者伪为己，俾役执之去。树汶初不肯承，诸役私以刑酷之，且诳以定案后决无死法，树汶始应诺。树汶年甫十五，尪羸弱小，人固知其非真盗也。县令马翥者，山东进士也，闻体安就获，则狂喜，不暇审真伪，遽驰牍禀大府，草草定案，当树汶大辟。于时，体安已更姓名，充它邑总胥矣，树汶犹未之知也。

刑有日，树汶自知将赴市，乃大呼曰："我邓州民王树汶也，安有所谓胡体安者？若辈许我不死，今乃食言而戮我乎？"监刑官以其言白宗瀛，宗瀛大骇，亟命停刑，下所司复鞫之，卒未得要领。树汶自言其父名季福，居邓州，业农。乃檄邓州牧朱刺史光第，逮季福为验。未至，而宗瀛擢督两湖以去，狱事遂中变。

河道总督李鹤年继豫抚任。开归陈许道任恺者，甘肃人也，先为南阳守，尝谳是狱，又与鹤年有连。于是飞羽书至邓，阻朱公，俾勿逮季福，且以危言怵之。朱公慨然曰："民命生死所系，曲直自当别白，岂有相率炀蔽，陷无辜之民以迎合上官者耶？"任恺使其党譬说百端，终不为动。竟以季福上，使与树汶相质，则果其子也。恺始大戚，知是狱果平反，己且获重咎，百计弥缝之。豫人之官御史者，乃交章论是狱，说颇侵鹤年。鹤年初无意袒恺，然出生军旅，素简贵，不屑亲吏事，又恚言路之持之急也，遂一意力反宗瀛前议。然树汶之非体安，则已通国皆知，无可掩饰。则益傅会律文，谓："树汶虽非体安，然固盗从。在律：'强盗不分首从，皆立斩。'原谳者无罪。"

时树汶入狱已五年。初，止为体安执爨役，或曰娈童也，并无从盗事。而谳者必欲坐以"把风接赃"之律，于是，树汶遂为此案正凶。而官吏之误捕，体安之在逃，悉置之不问矣。言者益大哗，劾鹤年庇恺，于是有派河督梅启照复审之命。故事，钦差治狱，皆令属官鞫之，大臣特受成而已。河工诸僚佐，什九鹤年故吏，夙承鹤年意。启照已衰老，行乞休，不欲显树同异，竟以树汶为盗从，当立斩，狱遂成。

言者争之益力，吴县潘文勤时长秋官，廉得其实，乃奏请提部复讯，且革马翥职，逮入都。于时，赵舒翘方以郎中总办秋审，文勤专以是狱属之，研鞫数月，始得实，行具奏矣，而鹤年使其属某道员入都为游说。某故文勤门下士，文勤入其说，遽中变，几毁旧稿，仍依原谳上矣。赵争之甚力，曰："舒翘一日不去秋审，此案一日不可动也。"

方争之烈，文勤忽丁外艰去官，南皮张文达继为大司寇。文勤亦旋悟，贻书文达，自咎为门下士所误，所以慰留赵者甚力。疏上，奉旨释树汶归，戍马翥及知府马承修极边，鹤年、启照及臬司以下承审是狱者皆降、革有差。而朱公已先以他事挂吏议，则任恺嗾鹤年为之也。

方三法司会稿时，丰润张学士佩纶署副宪，阅疏稿竟，援笔增数语于牍尾曰："长大吏草菅人命之风，其患犹浅；启疆臣藐视朝廷之渐，其患实深"云云。辇下士大夫莫不叹为名言，一时督抚皆为之侧目。其实，此语亦有所本。当光绪丁丑刑部治葛毕氏狱，给事中王昕疏劾浙抚杨昌濬，疏中大意，即此数语也。

今礼部侍郎张亨嘉，于时以大挑知县需次东河。启照之派员谳案也，亨嘉与焉。独持议平反，不肯附和鹤年党。比提部，部檄查取诸承审官职名，亨嘉请去己名，启照不许。乃请咨会试，陈牒刑部，述此案始末綦详，以是免议。旋即于是科成进士，入翰林。

义宁陈抚部宝箴时官豫臬，当朝命启照复讯也，陈公固心知树汶冤，以启照为其乡先辈，冀力争得转圜。而启照中先入言，卒不从。及部檄至，有谓陈公可据此自辨者，陈公谢之曰："吾不欲自解以招人过也。"遂同挂吏部议。

狱之起，当光绪己卯，讫癸未春，始议结，今二十八年矣。豫人谈斯狱者，犹曰："微朱公，树汶无生理也。然体安卒无恙。"朱公，号杏簪，浙江归安人，礼部侍郎祖谋之先德也。

王可庄太守失欢于宝文靖

闽县王可庄太守仁堪，光绪丁丑以进士第一人入翰林。方其未捷时，以举人官内阁中书，才名固已藉甚，诸臣公争欲罗致门下。是科，宝文靖以次揆主会试，得太守，喜甚。已而文靖又奉命充教习庶吉士，庶常馆大课，赋题为"灵寿杖"，官韵中有"相"字。太守赋云："危不持而颠不扶，焉用彼相？"文靖阅之，大怒，以为有意讽己也，遂终身不与太守相见。

挽 联

陈弢庵学士会办南洋海防，丁母忧归里。丰润张幼樵学士以联挽之曰：

狄梁公奉使念吾亲，白云孤飞，将母有怀嗟陟屺；

周公瑾同年小一月，东风未便，吊丧无面愧登堂。

时方当马江败后，故其辞悲愤异常。马江之役，人多以咎丰润，然丰润不过会办耳。书生夙不知兵，而受任于仓卒之际，号令不专，兵将不习，政府又力禁其先发，着着皆有取败之道。一督、一抚、一船政大臣，开府有年，何竟一无备御？既知丰润调度乖方，何不先事奏参？此何等事，而可袖手旁观乎？斯时，闽中大吏殆惟幸丰润之败，而藉手于法军以取之耳，岂有丝毫为国之意耶？丰润出京时，阎文介执其手而谓之曰："子其为晁错矣。"闽事之必败，智者莫不知之，即丰润亦未始不自知之。知之而不得不往殉之，其遇弥艰，而其心未尝不可谅也。然法帅孤拔实为吾炮所毙，故船局虽毁，而不敢进趋省城。然则兹役虽败，犹不无尺寸之功焉。视甲午之役，又孰优而孰劣也？

钱塘孙子授少司农薨于位，王黻卿农部颂蔚挽之曰：

公以枚乘给札，兼浮邱授诗，直道虽行，往事不须惭醴酒；

我本词馆门人，备司农掾属，文章无命，逢人犹自惜焦桐。

盖司农初为南书房翰林，后入毓庆宫授德宗读，眷畀日隆，行陟正卿。忽以失察户部书吏案退出毓庆宫，遂一蹶不振，郁郁以殁。故上联以申公为比，下联则农部由庶常改官部曹，故以焦桐自慨也。蒙于司农为再传弟子，尝侍公座。为言："授读时，上之天亶聪明，真非常人所及，读书不三遍，即成诵，能熟背，授之讲解，未尝或忘。其或有所疑而垂询者，则皆讲义之所未及，或与他篇有抵牾、同异者也。"时圣龄才十四五耳。后来外间传言，谓上读书不慧者，皆谣诼之言，不足信也。

纪马江死事诸将

甲申马江之败，世皆归罪于张幼樵学士。然诸将用命，力战死绥，其忠荩实有不可没者。且法人内犯，实仗孤拔一人，自孤拔毙于炮，法人已失所恃，遂不复能纵横海上，功过亦差足相抵。较之大东沟、刘公岛诸役，其得失必有能辨之者。爰检箧中旧所录存学士为诸将请恤疏稿，录之于此。

方今朝廷锐意规复海军，听鼓鼙而思将帅，其亦有奋袂而起，以追先民之风烈者乎？

按：是役死事最烈者，为督带飞云兵轮副将衔参将高腾云、管带福星轮船五品军功陈英。原疏叙高事云："该参将由粤来援，论事呐呐，如不出口。前月二十六日，法增一船，诸将来请援，高腾云独义形于色，臣心异之。夜复来见，询以方略。高腾云曰：'闽防之意，本以牵制，使敌不发耳。厂非战地也，但炮注子、人枕戈者已一月，昼夜相持，咫尺间恐酿成战事。知帅意急欲先发，必多牵制不可得。南洋援必不来，即来，怯将亦无用，徒害事耳。'臣诘之曰：'然则奈何？'对曰：'专攻孤拔，得一当以报而已。'臣欲令其统率诸将，则辞以资望在李新明后，且曰：'水师，船各自为战，非若陆军，一将能指挥十余万也。请不必纷更，坚守以待上命。'该参将既去，臣复嘱各船就商筹策。该参将志定神完，誓死报国。是日，手发巨炮击其乌波船，一一命中。以一飞云小舰当敌人三大舰，中流坚拒不退。忽横来一炮，该参将骽为之折，复一炮，遂飞入水中而没，舟乃发火。"

其叙陈事云："该军功人极瘦弱，文理甚优。方敌舰日增，臣深忧之。陈英上书请以各轮船合攻孤拔座船，而艇船等发火牵制下游，使各轮、小商船水勇及捍雷船截其鱼雷舰，所论均有条理。臣采其论，下诸将布置略定，无如法暗约英、美先发也。陈英见英、美船骤下，急起碇誓众，曰：‘此吾报国日矣。’吾船与炮俱小，非深入不及敌船。敌以三船环之，舟中机损人亡，不顾，但以炮向孤拔船。孤拔船受炮略退，敌复增船来持。至一时许，陈英猝中炮于望台，学生王涟随殉，船始焚毁。英、美船观战者均称叹不置，为之深惜”云云。

后奉旨：“高腾云照总兵阵亡例从优议恤。陈英给都司衔，照都司阵亡例从优议恤。王涟照五品官阵亡例议恤。”是役力战死者，尚有千总许寿山、叶琛，五品军功林森林三人。

甲申越南战事杂纪

昨从友人斋头读鄂中吴君光耀《华峰文集》，中有《宁副将战事略》一首。其叙甲、乙间越南战迹，与官中文牍及海内传闻有迥异者，爰撷其要而录之于此。

甲申越南之役，两广总督张树声、前云贵总督刘长佑暨沿江、海督抚各征兵出镇南关，是为中路之师。广西巡抚徐延旭屯谅山督师，树声遣将黄桂兰、董履高等，多淮军。延旭巽懦，不敢违总督意旨，尽用其人，而自用党敏宣、陈朝刚、陈得贵等，皆广西人。延旭倚桂兰，俾尽统诸军当前敌，驻北宁。延旭自统二十余营为后路。

桂兰所统凡四十二营，在北宁日夜酣酒，夺民间妹崽，恣为荒淫，不恤军事。部下益相习，无纪律，越南人怨之次骨。会有教民賕敏宣，请给军装助战。敏宣言诸桂兰，桂兰已昏醉，悉听敏宣言。教民得军装，遂助法攻官军，官军溃走，延旭逮问。朝命潘鼎新为桂抚，而以布政使王德榜署提督，代桂兰，且命斩敏宣及总兵陈得贵。敏宣以退缩，得贵则首失扶良炮台者也。

时敏宣犹领三千五百人屯谅山，为桂兰军营务处，合所节制尚二万余人，兵权甚盛。得贵所领亦千人。德榜惧其叛，秘不发，而令部将宁裕明往诱之。裕明以一骑一卒往迎敏宣，声言筹军食，而一幕客广西人者继之。客固敏宣乡里，谓可通诚也。裕明见敏宣，邀与同往大营，敏宣不疑，单骑随之行。才入关，遽就缚，搜其身，得双响手枪二，已上子药矣，遂斩之，并斩得贵。得贵初犹侃侃辨，谓“吾退炮台有将令”，诘以克扣军饷事，始俯首无语。桂兰夜饵金死。朝刚亦当斩，亡命，不知所在。

敏宣晓相人术，自以法当死兵，故每战辄退缩，至是竟死刑。

越南一役，诸将善战者，以宁裕明为第一。裕明，湖南衡阳人，初随刘武慎军。甲申春，淮军既败，广东陆路提督杨玉科领广武三营屯观音桥，调裕明领右营。闰月丙午昧爽，法人由郎甲进攻观音桥，桥南北皆山，高数十丈，北岭尤陡绝。提督万叶以所部四千人屯桥南，当前敌。裕明从玉科，与提督王洪顺屯桥北，为后劲。日未晡，万叶战败，退至桥北，倚北岭而阵。法军从之入，裕明急出万叶后，登北岭绝顶，发炮下击，别伏两哨于山之左右麓，横截法军之要。法军悉力御岭上军，不虞伏兵之骤出也，大惊，溃走。诸军悉众追之至郎甲，歼其锐卒数百人。于是，法人始有求和之举。洪顺不知西人好争高，乃屯山下平地，几为敌所乘。然见前敌败退，能督队，不少却。万叶虽败，而部伍井井不稍乱，故卒能转败为胜。二人皆淮军良将也。万叶后怒鼎新赏不公，辞归。而裕明叙绩，以千总超擢游击。会奉电旨令退师，毋碍和议。我军如约退入镇南关，法人约退东京，乃止退北宁。裕明说玉科谓："法人诈和，必不可信，宜乘机进兵。"旋奉旨派员潜赴敌境侦探，诸帅皆谓无如裕明，裕明遂行。以六月乙酉发观音桥，昼伏夜行，蛮烟瘴雨，备尝艰苦。七月癸卯朔，归龙州，说鼎新"宜进兵"，于是遂决二次大举之议。

八月庚寅，我师败绩于郎甲。郎甲南距谅山十五里，北距观音桥八十里，东轮头、西太原各百里。

先是，越南教民送豕羊犒军，报法人且至。方提督友叔谓之曰："我军装未齐，营垒未固，不能速战。"越民遂去。不二日，而法兵大至矣。关外林木丛密，法人倚以自蔽，我军竟不之觉。

昧爽，忽闻炮声，友叔犹曰"兵勇打冷炮"耳。俄而开花弹落营中，炸死十余人，始知敌至。时筑垒未毕，军士各散就空村为食。周提督者，率二千五百人骇而奔，友叔以千人亦奔。法人萃于玉科营，围之数十重。

裕明令军中即无事亦戒备如对敌，故拒战独整暇，乃凭墙发枪。法人更番迭进，死伤如积。营墙猝轰倒，裕明以亲军三百人且战且掘坑。朝至日昃，法人数万冲突数十次，卒不得入。左右呼裕明曰："大人，不速出，死伤无孑遗矣。"裕明回顾，见积尸纵横，四面皆法兵，不见援兵一人。望玉科中军，围尤厚，不知存没。乃慨然曰："战，死枪；走，亦死枪；宁战死耳。"左右曰："统领犹在。"裕明曰："即欲出，亦必杀人。"时天已昏黑，裕明乃口衔匕首，右手纵火弹，左手持马刀，驰而斫。左右随而驰斫者二百余人。法兵皆披靡，竟入中军。玉科左右仅数十人，尚据内濠力战。裕明于是卫玉科出，士卒死者又五十人，伤四十余人，存者止百人耳。玉科既出，左右仅三人，由是益亲裕明，裕明亦乐为玉科用。

是役也，玉科惩党敏宣前事，拒教民不使见，而友叔不知教民皆法军间牒，遽纳之入，且以实语之，故及于败。我军死千余人，法军死者亦相当。而玉科、裕明之能军，乃大著。友叔被创，怨周提督之不相救也。周亦惧诛，吞金死。

十一年正月，谅山既失守，诸军退屯镇南关内。独玉科屯关外十五里之文渊，距法军所驻五里。

己酉昧爽，法军进犯，裕明阵中岭，身当前敌，分兵据左右二岭，左岭徐占魁当之，右岭廖应昌当之。玉科驻大塘岭上督战，后裕明阵里许。绥甫交，占魁炮伤足，遽回营。应昌惧而奔，一军随之。独裕明督所部力战。法人分兵从右岭入，玉科见应昌败，虑裕明力单，遣提督刘思河率中营亲兵助之。思河持马刀来，裕明谓："且置刀，亟蹲而发枪。"语未毕，炮弹已洞穿思河胸。玉科亦负两伤，一中头太阳，一洞腹。

裕明不知玉科之伤且死也，犹遣红旗索玉科诸营子药："尽与我，我不收队矣。"红旗报玉科阵亡，裕明乃痛哭曰：

“主帅死，我须性命何为？弟兄不能战者，请逃死；不惧死者，请随我为主帅复仇。”众皆哭曰：“愿从死。”裕明冲法军，击杀一五画金线者，或曰法总统之婿也。

是时，炮声如雷霆，子飞如风雨，枪连环如数万爆竹齐发，如倒岩墙，非忘生死者不敢斯须立也。裕明倏中弹，洞右颊而出，血流满身。裕明犹不知，但持刀督军士前进。士皆大哭曰：“大人戴花矣。”“戴花”者，军中中炮之隐语也。争扶掖入关，裕明不肯，谓：“死亦当在关外。”左右绐之，谓玉科尚未死，乃强舁入关。

王德榜尝拊裕明背而调之曰：“人言我王老虎胆大，汝胆乃大过我耶！”

二月戊寅，法人攻陷关前隘。隘北五里有三山，如品字，曰小南关。冯子材统十营，三营屯山上，七营屯山下。

是日，法人以奇兵趣镇南关东岭，出间道，袭夺小南关。裕明方养创凭祥，闻炮声，裹创飞骑至，则冯军已败下山。裕明从山北冲上，马刀斫法人，法人披靡，于是诸军相继登。德榜屯油隘，亦闻炮声，遣都司陈得胜间道赴援，留旗帜油隘为疑兵，而自率亲军，施放火箭，横杀入关，截法人辎重。法人前后受敌，乃败走。

南方卑湿，春草方生，洋人革履滑，辄颠入草中。追追兵，又不得正路，穷急哀呼相闻。我军战胜，气益猛，乘日光穷追，斩馘法人数千级。法人被杀急，则投枪降，去帽为叩首状，以手捍颈。军士愤法人甚，卒杀不止，人遂谓中国人无礼也。

法人一败不复整，败文渊，败谅山，败谷松，败威坡，败长庆，败船头，由北而南，八日夜退二百余里。诸军欢呼，谓恢北圻、复东京有日矣，而停战之诏书遽下。

章高元失青岛之遗闻

德人之据青岛也，守将章高元叠电总署，谓："被德人诱之登舟，幽诸舟中，詟胁万端，终不为动。"此事后掩饰之辞，非实录也。

初，青岛既开辟，政府拟建为海军根据地，以文武大员二人守之。文员为山东道员黔人蒋某，武员则高元也。会丁酉乡试，蒋奉调回省，防务乃为高元一人所专。

是日，日方正中，炮台上戍兵偶以远镜周瞩海中，忽隐隐见兵船一艘破浪而来，疑之，谓外国兵轮何事至者？再审睇之，则更有数艘衔尾继至，急使人报知高元。高元方与幕客数人为麻雀戏，怡然曰："彼自游行海中，偶经此地耳，何预吾事？而尔等张惶如是。”俄顷，船已抵岸，始辨为德人旗帜。旋有水兵三四人由船中出，登岸买纸笔数事而去。移时，即以照会一函抵高元署中。

高元赌方酣，竟掷之几上，漫不坼视，諵諵曰：“是何大事，来溷乃公？”又历食顷，赌倦，少憩，一幕客取牍欲启封，高元尚尼之。幕客曰：“封已启矣，姑视其中作何语者。”既启，某客遽狂呼“咄咄怪事”。高元始取视，乃知德人勒令于二十四钟内将全岛让出也。高元遽推案，尽翻赌具于地下，令迅速开队。亟出署，则德兵已满衢市。队既齐，将士皆挟空枪，无子药。急返库中领取，则库已为敌所占矣，乃大窘。高元曰：“既不能战，吾惟有与之论理耳。”亟诣德将，侃侃与辨。德将夷然曰：“此事吾奉本国训条行事，实无理之可言。汝但全师退出而已，吾亦不汝害也。”高元终不许，遂幽之署中。

高元故健将，然非方面才。法人犯基隆时，力战尝有功，恃勇而骄，漫无豫备，以至于此。

服　妖

服妖之说，凿然有之。辛有伊川之叹，子臧聚鹬之事，三代前已启其端。昔史所记，如南唐之天水碧，北宋之女真妆，南宋之错到底、快上马，其事皆信而有征。盖国之将亡，其朕兆先见于起居、服御之间。气机所感，固有莫之为而为者，不得谓五行家武断附会之说也。

光绪中叶，辇下王公贝勒暨贵游子弟皆好作乞丐装，余尝亲见之，不知其所自始。而一国若狂，争以寒乞相尚，初仅见诸满洲巨室，继而汉大臣之子孙亦争效之。淄川毕东河尚书之诸孙，盖无人不作此装也，今其家已式微矣。

犹忆壬辰夏六月，京师熇暑特盛，偶登锦秋墩逭暑，（锦秋墩者，在南西门内，直陶然亭之北，都人呼之曰“窑台”，崔然小阜，高不及二丈，顶平，宽可亩许，杂树环之，四围皆苇塘，无人家烟火，故盛夏无暑气。每岁午节后，辄有人设茶肆于此，陈百戏杂耍，兼沽村酒。竹篱茅棚，颇有村落间气象也。）邻座一少年，面黧黑，枯瘠如尪，盘辫发于顶，以骨簪贯之（京师无赖子夏间皆作是装），袒裼赤足，仅着一犊鼻裈，长不及膝，秽黑破碎，几不能蔽其私，脚趿草履，破旧亦如之。最奇者，右拇指穿一汉玉班指，数百金物也。雕羽扇一，碧玉为之柄，价亦不下百金。箕踞而饮酒，聆所谈，皆市井秽亵语。然酒家佣奔走其侧无停晷，趋事惟谨，不类侍他客。

方深异之，俄而夕阳在山，游人络绎归。忽见台下一朱轮后档车，行马二十余拥之，众皆大诧，因驻足观其竟。则见有冠三品冠、拖花翎者两人，作侍卫状，一捧帽合、衣包，一持盥盘、漱盂之属，诣少年侧，鹄立启曰：“大爷，舆已驾矣，傍晚尚有某王府饭局，须早去也。”少年竦然起，取巾醶面讫，一举首，观者愈惊愕，几失声。盖向之黧黑者，忽变而白如冠玉也。然后悟其以煤灰涂面耳。盥漱既竟，徐徐着衣冠，则宝石顶而三眼翎者。两侍卫拥以下，既登车，游龙流水，顷刻渺矣。

庸保乃耳语余曰：“此某贝勒也。”余益骇，曰：“何至是？”友人哂曰：“君尚不知辇下贵人之风气乎？”乃屈指为述某王、某公、某都统、某公子皆作是时世妆。若此贝勒者，犹其稍守绳检者耳。因慨然曰：“不及十年，其将有神州陆沉之变乎？”友人故旗籍，官内务府，故知之如此其悉也。

果未及十年，而有庚子之乱。闻王公大臣之陷虏者，克勤郡王为洋兵所迫，日负死尸，怀塔布为使馆担粪，吞声忍辱，甚至被鞭笞，莫敢自明。呜呼！宝玦青珊，路隅饮泣，荆棘十日，身鲜完肤，《哀王孙》之诗，乃于吾身亲见之矣。痛定思痛之余，其亦有能力洒斯耻者乎？亦尚有乐从牧豕儿游者乎？

庚子拳乱轶闻

庚子之变，正士碎首，公卿骈戮，自开国以来所仅见。被难诸公，其尤为无妄之灾者，则海盐徐大司马用仪是已。

徐公由户部小京官考取军机章京，洊至正卿，官京师四十余年，畏慎小心，遇事模棱，有孔光、冯道之风，而竟与袁、许诸贤同遘奇祸，实出意料之外。盖东海徐荫轩相国深恶其人，必欲杀之而后快。

方甲午之役，徐公以少宰为军机大臣，而东海以大学士管吏部。时东海久不召见，一日忽入内，散直后至吏部。徐公已先在，迎谓曰："闻中堂今日有封事，内容可得闻乎？"东海拈髯微笑曰："无他言，但窃附《春秋》之义，责备贤者耳。"盖即劾济宁孙文恪毓汶及徐公也。后徐公之出军机，此疏有力焉，其怨深矣。

戊戌政变后，徐公再入总署，意甚得。所亲有劝以"时事方艰，当乞身勇退"者，徐曰："吾通籍将五十年，竟不得一日为尚书，孤负此生矣。终须一陟正卿，始乞退耳。"后果擢大司马，甫月余而难作。

徐公与瑞安黄漱兰侍郎为儿女亲，拳祸未作时，侍郎在里门以书贻之，封识重重，启视之，仅素纸一幅，擘窠书"水竹居"三字而已。"水竹居"者，徐公里中别墅名也。

侍郎盖以此基其归，徐终不悟，竟及于难。徐死时，年逾七十矣。

浙右老儒某君者，与许竹筼侍郎为布衣交。自侍郎持节欧西，即入其幕中，十余年未尝一日去左右。某君尝为人言：侍郎下狱之日，晨起，都市尚平安，寂寂无所闻。日晡饭罢，方坐书室中，与某君闲谈，一面令从者驾车，云将赴总署。未及整衣冠，忽阍人持一名刺入，云有客求见。侍郎审其名，非素所识，令阍人辞以“即赴总署有要事，不暇接见”。阍人出，须臾复入，则来者自云“系总署听差武弁，奉庆邸命，请许大人即入署，两邸、诸堂先在，云有要公待商也”。侍郎乃出见之，立谈数语，某弁即辞出。侍郎乃入具衣冠，语某君曰：“昨晚散署时，未闻有何要事，何今日两邸、诸堂同时俱集耶？”某君曰：“想必有事。公出，我亦欲至城外，看外间消息如何。”言已，遂去。俄复入，云：“请公之某弁尚未去，方在门外，顾盼非常，甚可疑诧。且总署武弁数人，吾备识之，未尝见此人也。公可多带数人去，有不测，当饬其还报也。”侍郎笑置之，不以为意。

及驱车出胡同口，则尚有提署番役数人俟焉。某弁一指挥，争蜂拥侍郎车，不东向，而北驶。问何故，则曰：“今日议事在提署，不在总署也。”有顷，至步军统领衙门，某弁即扶侍郎下车，而尽斥其从者使还，曰："此间有人伺候大人，不须汝等矣。"侍郎入，引至一小室内，即反扃其门而去。侍郎闻隔壁室内有一人叱咤声，审之，即袁太常也，然亦不得相见。

从者既归，某君大惊愕，急诣王文勤宅探闻消息，并请其论救。文勤尚不信，曰："顷散直时，并未奉旨，安得有此事耶？"某君奔走终夜，卒不获要领。三鼓后，始闻侍郎及太常皆送刑部。次早，又得刑部某部郎密书，谓："顷者堂官从内出，即饬预备红绒绳，恐目前即有不测。"故事，大臣临刑，必用红绒绳面缚也。某君得书，犹欲诣文勤乞援。甫出门，闻人言囚车已出城者，急奔赴西市，则二公皆已授命。监刑者徐侍郎承煜，已驱车入城复旨矣。

逢福陔观察言，立豫甫尚书之死，人皆知为拳匪涎其财富，而不知尚书与澜公别有交涉。其死也，澜实与有力焉。

先是，都下有名妓曰绿柔者，艳绝一时，澜与立皆昵之，争欲贮诸金屋。是时，澜尚闲散无差事，颇窘于资，故不能与立争，绿柔卒归立，澜以是衔立次骨。及是，遂倾之以报。

联荇仙学士之上封事请停攻使馆也，出遇崇文山上公于景运门外，崇讶曰："荇仙何事，今日未明入直耶？"学士告以故，崇勃然曰："荇仙，君自忘为吾满洲人乎？乃效彼汉奸所为。"学士点庶常时，崇为阅卷大臣，固师生也。学士毫不逊谢，竟拂衣出，崇益怒。未数日，学士遂赴西市矣。

是日，学士已赴市，将就刑，忽见一大师兄，红衣冠，由宣武门出，怒马骤驰，骑后尚拖一巨物，尘埃坌涌，观者皆莫辨。俄顷至刑所，始知为一人，缚手足，系诸马蹄，面目已毁败，不可复辨。私问诸番役，乃知为立尚书也。

立、联既死，端、刚诸人犹不慊，将以次尽杀异议诸臣。廖仲山尚书寿恒时已罢军机及总署大臣，然其初入枢庭，固常熟所汲引者，故端、刚恶之尤甚。已定于七月□十□日斩异议者数人，而尚书为之首。时诸人亦不复秘密，辇下几无人不知。尚书于时已尽遣家属出都，而身寓东华门外一小寺中。闻耗大惧，属其戚某制府乞哀于荣相，荣相允之。翌日，谓某制府曰："仲山事无望矣，吾今日入对时，百计为乞恩，叩首无数，而慈意竟不可回，奈何？君可传语伊，早自裁可也。"某制府以语尚书，尚书竟不能引决。会先期一日，联军入城，乃得脱，匆匆南归。寺僧为人言，方事急时，尚书在室中环走三日夜未停步，不语亦不食，面殆无人色云。

江苏刘编修可毅，以甲午恩科南宫第一人入翰林。都下传刊题名录，或讹为“可杀”，一时引为笑谈，而编修心疑其不祥。既留馆，一日与朋辈数人诣一星士。星士谓之曰：“君将来必死于刑。”编修益大惧，念词曹清简，无抵触刑章之理，或将来以科场事被累，如咸丰戊午之狱乎？由是遂不敢考差。然翰林俸入微薄，无他差可资津贴，奴仆、债主皆望其三年一差。倘不考差，则米盐无从赊取，而仆辈亦将望望然去之。于是，每试辄不终场而出，家中人不知，犹望其得差也。及是，乃被拳匪所戕，刑死之言竟验。

董军攻使馆十余日不能下，朝旨召武卫军开花炮队入都助攻。今天津总兵张怀芝方为武卫军分统，奉檄率所部入都。荣相以城垣逼近使馆，居高临下，最便俯攻，即饬怀芝以所部登城安置炮位。炮垂发矣，怀芝忽心动，令部将且止毋放，而急下城诣荣相邸，请曰：“城垣距使馆仅尺咫地，炮一发，合馆立成齑粉矣。不虑攻之不克，虑既克之后别起交涉，怀芝将为祸首耳。请中堂速发一手谕，俾怀芝得据以行事。”言之数四，荣相终无言。怀芝乃曰：“中堂今日不发令，怀芝终不肯退。”荣相不得已，乃谓之曰：“横竖炮声一出，里边总是听得见的。”怀芝悟，即匆匆辞出，至城上，乃阳言：“顷者测量未的，须重测，始可命中。”于是尽移炮位，向使馆外空地射击一昼夜，未损使馆分毫，而停攻之中旨下矣。

是役也，仁和王文勤公文韶亦几不免。五忠正法后，端庶人之弟载澜上疏言攻使馆事，而附片奏称："诸臣通敌者已尽置典刑，独王文韶在耳，斩草不除根，深恐终贻后患，请并诛之，以清朝列。"疏至枢廷，荣相先阅看。阅毕，急纳其附片于袖中，乃以正折授文勤。文勤阅至竟，犹询左右曰："澜公尚有一附片，今安在耶？"荣相徐应曰："想留中未下耳。"有顷，同入见。奏事既毕，荣相徐出澜奏片于袖中，曰："载澜此奏可谓荒谬绝伦，请太后传旨申斥。"后沉吟久之，始厉色曰："汝能保此人无异志乎？"荣顿首曰："纵朝臣尽有贰心，此人亦必不尔，奴才敢以百口保之。"后犹迟疑良久，始曰："果尔，吾即以此人交付汝，倘有变，汝当与同罪。"荣复顿首谢恩，乃起趋出。文勤耳故重听，又所跽处去御座稍远，始终竟不知后与荣所言者何事。后荣向人述及此事云："方力争时，后声色俱厉，数怒目睨文勤。同列皆战栗无人色，而文勤含笑犹自若也。"

张樵野侍郎遗翰三则

南海张樵野侍郎荫桓起家簿尉，粗识字，中岁始力学，四十后即出持使节，入赞总署，而骈散文诗皆能卓然成家。余力作画，亦超逸绝尘，真奇材也。生平作事不拘绳尺，且以流外官致身卿贰，辇下诸贵人尤疾之，以故毁多于誉，然干局实远出诸公上。

戊戌五月常熟去国时，侍郎亦被人参奏，闻东朝已有旨饬步军统领即日前往抄籍矣，以荣禄力谏而止。实则荣禄别有用心，非为侍郎乞恩也。尝见其为人所画便面，湿云滃郁，作欲雨状，云气中露纸鸢一角，一童子牵其线，立一危石上。自题诗其上曰：

天边任尔风云变，握定丝纶总不惊。

盖即此数日中所作也。

侍郎诗笔清苍深重，接武少陵、眉山，视高达夫之五十为诗，盖有过之。尝得其遗诗一卷，皆遣戍西行时，关内外途中所作，爰择其尤者录之。

《九月晦，渭南道中得廉卿祭酒书，述敝居及垲儿踪迹奉答》一诗云：

无限艰危一纸书，二千里外话京居。

覆巢几见能完卵，解纲何曾竟漏鱼。
百石斋随黄叶散，两家春与绿杨虚。
霸桥不为寻诗去，每忆高情泪引裾。

一气关生，情文交挚。何大复《浔阳江上》之作无以过之。

《留别邓锦亭军门》云：

交臂京华感慨深，只凭秋雁寄边音。
艰难三箭痕犹在，仓卒离筵酒共斟。
瘴海同乡知韦叡，天山旧迹访裴岑。
长途旌旆劳相送，万古难忘此夜心。

其歌行浑澎流转，尤深入坡老之室。《周式如太守以钱叔美入关图为赠，赋诗奉酬》云：

松壶画笔时所珍，派别宋元逾三文。
入关图为蒋侯绘，玉门归鞚嘶边尘。
款署南阳岁癸未，阅世行将八十春。
桃花如笑簇鞭影，晴川野馆山峋嶙。
矮松红柳互映带，大旗猎猎悬城闉。
风沙万里羌无垠，至此似觉天回温。
伯生赀郎原通人，丹青赖尔能传神。
一艺升沉会前定，坎壈岂独曹将军？
海王声价日骤长，广搜始自潘文勤。
伊余藏弃本非俭，巢覆散作凉秋云。

天涯作伴只王恽，米船未许充劳薪。
使君投赠吉语真，仿佛仙梵室中闻。
蹇驴一夕压球璧，怪底宝气腾氤氲。
廿年京邸相过频，屡困南箕伤溷茵。
便宜坊夜炙鸭臛，迢迢情味犹在唇。
从兹中外顿契阔，一麾西迈悭片鳞。
无端遇合岁云暮，严谴何敢行逡巡。
此身九死不忍述，合检寒具供陶甄。
天教生入作左券，愿乞山水作廛民。

呜乎！孰料玉门既出，遂无生入之望也哉！侍郎富名迹，收藏石谷卷轴至多，尝建百石斋以储之。自被祸后，桓玄寒具，遂成云烟之散没矣。

其《度乌稍岭寄督部陶公，并怀拙存征士》云：

镇羌破驿不任住，大风吹送龙潭去。
乌稍岭势原平夷，往来辄与昏霾遇。
行人视此如险艰，材官亟劝勿犹豫。
沙沟石滑丛冰积，独木危桥一川注。
几经跋涉达山趾，三五人家杂牧竖。
坡陀数折如龟穹，时见烟墩间电柱。
岭巅孤峙韩湘祠，贶及逐臣征吉语。
严程何暇叩山扉，但见冰崖浮绀宇。

自从秋度四天门，河潼二华忘朝暮。
疲极虚瞻玉女盆，饥来安得仙人露。
六盘青岚倍幽隽，酬酒山灵或题句。
征途计日过伊凉，羌笛吹残玉门树。
邮亭三九犹晴暄，天不绝人况编戍。
狞飙岂有终朝鸣，四顾青苍散妖雾。
沿山旧垒相委蛇，云是防边最要处。
前年鼙鼓鏖西宁，汉回血战洮湟腥。
董军捷奏太子寺，公侯从此资干城。
急移胜兵控山海，更募健皂充神京。
甓斋经略逾万里，夹袋别已储三明。
花门活佛并苏息，宵昼出没无鼯鼪。
陇云蔼蔼补官柳，竹头木屑皆有情。
沉蒲教肃气静穆，上流节钺流休声。
庄浪水利以时拓，尽收刀剑趋牛耕。
荷戈且廑仁人矜，调护苦待冰桥成。
溪壑回春在何许，去德滋远心摇旌。
纪群高架今咸英，侍行求己言为经。
灵光殿赋不足儗，说偈宜使蟒泪零。
时艰更期保玉体，补缀云物酬升平。

摘句如《和张子渔咏梅》云：

寒侵修竹犹堪侣，世有孤花贵善藏。

已无水部吟东阁，几见星躔指少微。

别墅岂曾萌远志，西州谁为寄当归？

方朔善谐嗔阿母，朝云香梦伴东坡。

调羹事业原虚语，酒晕无端入醉哦。

路逢驿马香何恋，冷忆弓蛇影未弛。

《寄赵次珊方伯》云：

五云楼阁调羹手，万里关河负米心。

皆兴象深微，别有寄托。

侍郎之进用，由于阎文介之汲引。初以山东道员，召为太常寺少卿，充总理各国事务衙门大臣，骎骎大用矣。会京朝士大夫以其出身不由科第，故挟全力挤之。直总署未数月，复出为大顺广道。既而美使缺，文介复力保，遂再授少常、出使，洊至侍郎，加尚书衔。侍郎于合肥晚年颇隙末，而于朝邑风义，顾始终弗替。文介之薨也，遗疏忤孝钦意，恤典独薄，礼官以赐谥请，几靳不予，后卒得转圜者，侍郎力也。

中堂之识字

刚毅为刑部尚书，上官日，与诸司员言，称皋陶为“舜王爷驾前刑部尚书皋大人皋陶”。“陶”字读本音。此事早脍炙人口，而不知犹有令人发噱者。其在刑部日，提牢厅每报狱囚瘐毙之稿件，辄提笔改为“瘦”字，且申斥诸司员不识字，诸司员咸匿笑而已。在军机时，四川奏报剿番夷获胜一折，中有“追奔逐北”一语。刚览折，忽大怒，谓：“川督何不小心至此，奏折可任意错讹耶？”拟请传旨申斥。众诧而问之，则曰：“此必‘逐奔追比’之讹，盖因逆夷奔逃，逐而获之，追比其往时掠去汉人之财物也。若作‘逐北’，安知奔者之不向东、西、南，而独向北乎？”常熟在旁，忍笑为解其义，刚终摇首不谓然。

尚书忠爱

戊戌政变时，长沙徐寿蘅尚书树铭为大司空。是日，方入署，独坐堂上，忽传太后训政之旨下，又闻派步军统领往抄南海馆。急肃衣冠出堂，北向顿首。每一顿首，辄呼“女中尧舜”者一,九呼九顿首，始起。近日读某说部，以事属诸徐进斋侍郎寿朋者，误也。徐侍郎是时方由皖臬赏三品京堂出使高丽，尚未为侍郎。

刘博泉侍郎之直言

吴桥刘博泉侍郎恩溥，光绪初官御史，以敢言称，与邓铁香鸿胪齐名。然其奏疏中颇好为滑稽之辞，词意抑扬，若嘲若讽，与鸿胪之朴实无华者迥异。宗室某甲，设赌局于皇城内，有旗人某乙者，亦世家子，以饮博倾其家，贫无立锥。一日，博偶赢，往索博进，竟被殴死，其尸暴露城隅者二十余日，无人为收敛，官亦畏某甲势，不敢过问。侍郎乃上疏言其事，略谓："某甲托体天家，势焰熏灼，某乙何人，而敢贸然往犯威重？攒殴致死，固由自取。某甲以天潢贵胄，区区杀一平人，理势应尔，臣亦不敢干预。唯念圣朝怙冒之仁，草木鸟兽咸沾恩泽，而某乙尸骸暴露，日饱乌鸢，揆以先王'泽及枯骨'之义，似非盛世所宜。合无饬下地方官检视掩埋，似亦仁政之一端也"云云。此疏词气愤懑，尤乖奏对之体。盖其时清流诸君子意气甚盛，侍郎知朝局不久必变，恐被波及，欲先藉微罪以行，与嘉庆时吴省兰之保王昙工掌心雷，同一用意耳。然疏上竟未蒙谴责，原折且发抄。自此遂缄口结舌，等于仗马矣。庚子秋，侍郎且躬为统领义和团大臣云。

张文襄遗事二则

同光间，某科会试场后，潘文勤、张文襄两公大集公车名士，宴于江亭。先旬日发柬，经学者、史学者、小学者、金石学者、舆地学者、历算学者、骈散文者、诗词者各为一单，州分部居，不相杂厕。至期，来者百余人，两公一一纡尊延接。是日天朗气清，游人亦各兴高采烈，飞辨元黄，雕龙炙輠，联吟对弈，余兴未渫。俄而日之夕矣，诸人皆有饥色。文勤问文襄："今日肴馔，令何家承办？"文襄愕然曰："忘之矣，今当奈何？"不得已，饬从者赴近市酒楼唤十余席至，皆急就章也。沽酒市脯，重以馁败，饭尤粗粝。众已惫莫能兴，则勉强下咽，狼狈而归，有患腹疾者。都人至今以为笑谈。

文襄自言，夙生乃一老猿，能十余夕不交睫。其督蜀学时，一日出城游浣花草堂，偶集杜诗二语为楹帖，欲系以跋，因坐而属思，稿数十易，终不惬，然已三日夜不寐矣。

侍者更番下直，犹不支，困而僵者相属也。而文襄从容如平时，及挥毫落纸，则仅集本集句四字而已。书成，始欣然命驾归。

都门词事汇录七则

二十年来，中外多故，词人哀时闵世不敢显言，往往托为吊古咏物之作，以寄其幽忧忠爱之志。非得同时人为之笺解爬梳，数十年后，读者不复知为何语矣。今夏溽暑逼人，聊取王佑遐黄门《半塘词》及朱古微侍郎《彊村词》读之，见其中多有涉及时事者，爰就所记忆，拉杂录之，不能得其什一也。

半塘老人游仙词

佑遐《味梨集》中，有《望江南·小游仙》词十五首，皆咏颐和园故实，录之以当诗史。

（一）

排云立，飞观耸神霄。双鹤每邀王母驭，六龙时见玉宸朝。阿阁凤凰巢。

（二）

山径转，云磴郁盘纡。闻道炼颜仙姥健，御风不用日华车。飞佩响琼裾。[1]

（三）

云木杪，瑶殿敞山阿。天上也思安乐好，璇题新署小行窝。富贵到烟萝。

（四）

金阙秘，朝暮降真仙。甲乙亲排承直日，英皇分侍上清延。来往各翩然。

（五）

新涨落，荇藻碧参差。偶驾潜虬凌弱水，人间遥指是晴霓。金翠接天西。

（六）

多少事，天上异人间。电入夜城光不灭，月临蓬岛影长圆。云水共澄鲜。[2]

（七）

壶中静，挥洒出天真。题榜少霞官阁吏，侍书南岳召夫人。清极绝纤尘。[3]

（八）

烟柳外，空翠湿衣裾。三塔高低连北镇，六桥缥缈似西湖。图画定谁如。

（九）

屏山曲，云母绕周遭。玉座重重遮锦幄，琪花密密护仙茅。寒重觉天高。

（十）

阑干侧，风景更谁同。千步长廊随曲水，万株寒翠间鞋红。迎面碧芙蓉。

（十一）

琉璃壁，云影四周围。不遣轻尘粘舞席，爱移行幛傍歌台。羯鼓报花开。

（十二）

云水畔，奇幻绝人寰。泛海灵槎疑化石，出林高阁欲藏山。休作化城看。

（十三）

仙路迥，天外望青鸾。最是云间鸡犬乐，因缘分得鼎余丹。长日守松坛。

（十四）

骖鸾路，行近意都迷。柳岸风轻烟絮软，芝田日暖药苗肥。云控漫如飞。

（十五）

游仙乐，弹指现林邱。宝气远腾天北极，豪情亲遏海西流。终古不知愁。

九九销寒图

“亭前垂柳，珍重待春风。”两句九言，言各九画，宣庙御制词中语也。懋勤殿谨依原迹，双钩装幅，为《九九销寒图》，题曰“管城春满”。南斋诸臣按日填注阴、晴、风、雪，日填一画，八十一日而毕，岁为故事。归安朱古微宗伯集中，有《齐天乐》一首咏此，词云：

龙池浅色东风缓，春光管城先透。三起三眠，一波一磔，妆点销寒时候。酥钿九九，换新样宫绡，墨尘双逗。鹊尾香中，几呵挥翰玉堂手。　　清吟天上事远，御屏宣侍处，玉案乌袖。六琯光阴，百年文物，不是寻常怀旧。芳韶尽有，梦不到灵和，雨滋烟溜。自擘苔笺，细填梅蕊瘦。

《鹧鸪天》咏史

黄门《半塘词》中，多以《鹧鸪天》咏史之作，实皆风议时事之什也。定稿中仅留五首。

（一）

笑里重簪金步摇，鹦哥学语尽能骄。只愁淡月朦胧影，难验微波上下潮。　　笺十色，烛三条，东风从此得愁苗。灵蕤秘记分明在，回首神峰万仞高。

此当指丙申、丁酉间事，沤翁曾为述其大略，惜忘之矣。

（二）

卅载龙门世共倾，腐儒何意占狂名。武安私第方称寿，临贺严装早办行。　　惊割席，忆横经，天涯明日是春城。上尊未拜官家赐，头白江湖号更生。

（三）

群彦英英祖国门，向来宏长属平津。临歧独下苍生泪，八百孤寒愧此君。　　倾别酒，促归轮，壮怀枉自托风云。剧怜彩鹢乘涛处，亲见蓬莱海上尘。

两首皆指常熟去国事。

（四）

属国归来重列卿，杨家金穴旧知名。似传重订冰天录，那得长谣颍水清。　　仙仗入，箧书倾，空令请剑壮朱生。好奇事尽归方朔，殿角微闻叩首声。

此首指南海张樵野尚书事。

（五）

注籍常通神虎门，书生恩遇本无伦。鬼神语秘惊前席，挽辂谋工拾后尘。　　空折角，笑埋轮，寓言秦鹿底翻新。可怜一哄成何事，赢得班姬苦乞身。

此首为朱古微学士、张次珊参议劾某官事发，“折角”、“埋轮”指两人姓也。

纪翁协揆去国

常熟之去国也，正当戊戌变法之初。《彊村词》中有《丹凤吟》一首，题为《和半塘四月二十七日雨霁之作》，即咏此事也。其词云：

断送园林如绣，雨湿朱幡，尘飘芳阁。黄昏独立，依旧好春帘幕。分明俊侣，霎时乖阻，镜凤盟寒，衫鸾妆薄。漫托青禽寄语，细认银钩，珠泪潸透笺角。　　此后别肠寸寸，去魂总怯波浪恶。夜瞑天寒处，拚铅红都洗，眉翠潜铄。旧情未诉，已是一江潮落。红烛玉钗恩易断，悔圆纨重握。影娥梦里，知甚时念着？

咏珍妃殉国事

珍妃殉国一事，与孝哲皇后之殉节，义烈哀惨，同为千古所未有。《彊村集》中《声声慢》一首，题为《十一月十九日味聃以〈落叶词〉见示感和》，即赋此事也。词云：

鸣螀颓墄，吹蝶空枝，飘蓬人意相怜。一片离魂，斜阳摇梦成烟。香沟旧题红处，拚禁花，憔悴年年。寒信急，又神宫凄奏，分付哀弦。　　终古巢鸾无分，正飞霜金井，抛断缠绵。起舞回风，才知恩怨无端。天阴洞庭波阔，夜沉沉，流恨湘弦。摇落事，向空山，休问杜鹃。

又两家词中《金明池·咏扇子湘荷花》一首，其后阕亦暗指此事。王云：

忽涌飞尘惊掠鬓，怕水佩风襟，旧情难问。芳时换，哀蝉曲破，花梦短，野鸳睡稳。袅香烟，复道垂杨，望太乙仙舟，归期难准。剩泣露欹盘，飘零铅泪，悄共铜仙偷揾。

朱云：

拗折西风丝寸寸，漫觅醉仙浆，碧筒深引。霓裳舞，今宵叠遍，盘泪影，明朝吹尽。尽相思，太液秋容，但坠粉空房，石鳞沉恨。怕玉井峰头，月昏烟淡，翠被余香愁损。

咏雏伶五九事

京师雏伶五九者，以色艺名丁、戊间，南海张樵野侍郎昵之。侍郎之谴戍也，门生故吏无敢往送行者。五九独弃所业，追送至西安而后返，都下一时称为“义伶”。两家集中各有《氐州第一》一首，即咏此事。

王云：

何事干卿，笙凤唤起，当歌对酒情抱。舞扇留云，边笳诉月，凄绝荣华露草。三五年时，记旧约，拢房深窈。张绪风前，秦宫花底，负春多少？　　又试新声莺燕小，话前事，乱愁谁扫。迷蝶春心，闻蝉客思，甚梦醒人杳。乍开帘，惊见处，歌尘惹，闲情绝倒。玉笛从今，定愁翻，伊凉别调。

朱云：

轻薄筝尘，零乱钿粉，当筵恨压眉小。密绪连环，清吭掩扇，凄隔秦天缥缈。蕃马屏风，有暗月，窥人偷照。玉杵深盟，金钱浅掷，顿催欢老。　　八九惊乌栖树少，定输与，羁雌鸣绕。毳幕思新，珠田梦远，蓦并归愁抱。惹花前，闲泪落，停杯处，相看一笑。谁打鸳鸯，锦塘空，孤眠到晓。

纪王焕事

《沤尹集》中《凤衔杯》一首，哀山阴王郎中焕也。焕，字辅臣，仪貌昳丽，才思倜傥，颇以天下才自负。入赀为工部郎，与寿山为昆弟交。寿山官侍卫，贫窭甚，几不给饘粥，赖焕时时卵翼之。焕恒鬻室人簪珥、衣饰以资寿山，寿山感焕甚，誓富贵无相忘也。

俄而寿山以刚毅荐，出为黑龙江将军。因奏调焕同往，军府之事悉以委之。焕窃自喜，得藉此发舒，视官事如家事，经画区处，井井有绪，寿山声誉日隆起。

已而都下拳祸作，东三省奸民亦纷纷应之。寿山承中朝意旨，一意招抚，且将尽除境内教士、西商。焕力陈不可，寿山弗听。焕争之急，寿山大忿，遽攘袂大诟，立逐焕出署。焕知不可谏，亦遂驱车南返。行三日矣，寿山回念前事，益忿戾，忽转念，谓“焕此去入都，必且毁己，且其沮义举，为外人游说，心尤不可问，彼既无君臣之伦，吾安能复顾友朋之谊，不速除之，将有后患”。因召材官数人，授以健马，令速追焕还省。焕方在中途，见材官来，以为寿山有悔祸之心，仍用己谋也，乃欣然返。至军署，则寿山已盛服坐堂皇，健儿数百左右侍，乃大惊。寿山见焕至，愤怒跳踉，不复可遏。命侍者捽焕使跪，拍案大詈，叱其不忠，立命缚出斩之。未逾月，寿山亦败死。

词云：

斡难河北阵云寒，咽西风，邻笛凄然。说着旧恩新怨，总无端。谁与问，九重泉？　　悲顾景，悔投笺。断魂招，哀迸朱弦。料得有人收骨，夜江边，英武赋谁怜。

注释

1　孝钦晚年甚健，每游园，登山陟磴，步履若飞，宫婢有追随不及者。

2　此指电灯。

3　侍书夫人，疑指缪素筠。

陶农部《宫词》

新建陶无梦农部衰有《宫词》百首，述三十年来内庭轶事，大都得自传闻。为录其翔实者十五章，附以笺释，皆他时史料也。

（一）

倚虹堂外柳烟浓，御路无尘走六龙。
岁岁宸游春色里，万人歌舞百官从。[1]

（二）

雕栏百折接明廊，仙殿排云涌御香。
天半铜享光四照，日高草木遍山黄。[2]

（三）

八方无事畅皇情，机暇挥毫六法精。
宸翰初成知得意，宫人传唤缪先生。[3]

（四）

钉铃佩马去如飞，谙达垂鞭左右随。
诏遣阿哥归主祭，黄缰紫辔好威仪。[4]

（五）

公使西来越巨溟，国书亲奉觐宫庭。
礼臣引入文华殿，天语温和赐宝星。[5]

（六）

景运门前晓色开，百官济济早朝回。
御医随例听传唤，排日抄将脉案来。[6]

（七）

六龙仓卒幸西秦，玉骨含冤裹锦茵。
从此笙囊休进御，武皇归哭孟才人。[7]

（八）

天家玉食喜奇瑰，泼翠茶浓玛瑙杯。
昨日使臣新贡入，柏林香草野杨梅。[8]

（九）

天半灯摇紫电流，玲珑殿阁仿欧洲。
却因一炬西人火，化出繁华佛照楼。[9]

（十）

清华西苑景如仙，百顷琉璃漾井莲。
羡杀词臣与枢密，独邀天宠许乘船。[10]

（十一）

供御龙宾发异香，新年染翰伴君王。
淋漓锡福苍生笔，福字先书绢一方。[11]

（十二）

园子春来柳早青，郊居景物畅皇情。
轮船似报巡游信，一带长河汽笛声。[12]

（十三）

疆臣献纳太珍奇，一笑天颜喜可知。
翡翠寿星高二尺，透明碧绿似玻璃。[13]

（十四）

蚕织苏杭艺最精，诏征机女入神京。
绮华馆内熏风暖，长昼遥闻络纬声。[14]

（十五）

恭进应时春贴子，枢臣亲写硬黄笺。
两斋毓庆同颁赐，麝墨鸡毫下九天。[15]

注释

1 倚虹堂在西直门外，临高梁河。慈驾幸颐和园，恒于此小憩，进茶点。

2 排云殿为万寿山最高处。

3 缪女士嘉蕙，字素筠，云南人，以画笔供奉内庭。

4 大阿哥溥儁立二年，凡大祀，皆奉旨恭代行礼。谙达，国语谓师傅，教授清文者，其仪视师傅稍杀。

5 文华殿在东华门内，为各国公使觐见地。

6 戊戌九月后，上多不豫，隔数日辄以脉案颁示中外。

7 哀珍妃殉国也。

8 此下皆辛丑回銮后事。

9 佛照楼即仪鸾殿故址，殿毁于庚子之乱，回銮后重修，费帑五百余万，改用西式，赐名佛照楼。

10 军机大臣及两书房翰林入直西苑，例得乘船，免迂途也。

11 赐福苍生笔，圣祖所制，列圣宝用，每岁元旦用此笔书“福”字。

12 昆明湖中御座轮船二艘，某国所进也。

13 翡翠寿星，回銮后浙抚某中丞所进。

14 绮华馆在福华门内，征苏杭女子蚕织其中。

15 立春日，军机大臣进春贴子，五言截句一首，七言截句二首，用硬黄纸书之。毓庆宫及两书房翰林亦如之，各拜笔墨之赐。近时春帖以张文襄所进最工。

纪歙鲍烈士增祥事

光绪初，安徽歙县令某者，书生也，愚而墨。宠二胥，曰王耀，曰三多，挟某势恣横一邑，豪夺巧取靡虚日。

歙人许颂康，薄有资。其戚程某为武学生，富过许，有质库一，在县北富堨。许以事积忤二胥，适邑有盗案发，二胥乃虚构左证，诬许、程为逋逃主，执入狱。锻炼月余，许、程不胜搒掠，两股肉尽糜，遂诬服。狱成，上江督、皖抚，不日出决矣。王耀扬鞭过富堨市，指质库笑曰：“此不日属我矣。”歙之人莫不愤怒，然莫敢谁何者。

鲍增祥，歙诸生，举秋试为副贡，儒而侠者也。闻之大愤，乃攘臂为文，独署己名上徽守，白许、程冤。守召增祥诘之曰：“狱已成，汝横来干涉，案出入甚大。诬平民犹反坐，况官长乎？汝能任此责，吾则转详大府。否则，不如已也。”持其书作注目状，同署名者噤无言，增祥毅然曰：“诺，刀锯鼎镬某一人当之，不以累众也。”书遂上。二胥犹不知，日盼金陵回文至，决许、程于市。歙故无刽手，走休宁，假以来。

是时，侯官沈文肃督两江，政尚严明。得书，阴廉得其实，乃大怒，立驰钉封付徽守，释许、程，枭二胥示众。守奉檄坐堂皇，召二胥至，阳阳如平时，示以檄，始色变无语。缚以赴市，守亲监刑，观者如堵。即以休宁刽手奏刀焉，枭其首于万年桥上。桥者，歙北通衢也。某令闻变，饮药死。未数年而有方伯松之事。

方伯松者，歙市井中人，少无赖，以博荡其产，则横噬闾里间，邑人尤患苦之。会天主教士来歙，方首先皈依，称信徒，益号召群不逞以济其虐。方不识字，诸生某某等为之记室。赴诉者日恒数十人，半田产、钱债事。方颐指记室录其词毕，即分命其党，汝往某村取某田，若往某村取某钱，母子毋少缺，皆以券授之，其券皆数十年陈旧物也。日暮归，悉出所收以献，无少短缺。

方妾诞日，邑之缙绅莫不蒲伏贺于庭，寿礼至盈屋，而西教士固不知也。遇讼狱，方第署片纸付县令，令悚息奉行，如得大府檄。胥役辅之，四境骚然，至不敢偶语方名。

增祥客于外，方归，闻之大愤，曰："世安得有此？"谋走省控诸院司。方闻之，笑曰："此岂复枭王耀时耶？"增祥愤愈甚，星夜去。方乃扬言将以众毁鲍氏之家，增祥子鹗是时亦举于乡，夷然弗为动，方亦卒不敢往也。增祥卒白皖抚，邮书上海法主教某，斥方出教籍，徒党悉鸟兽散，方始敛迹。

增祥字绍廷，能词，工画梅。家无儋石储，而好为任侠，得钱辄散去。室人交谪，偃如也。

纪大刀王五事

大刀王五者，光绪时京师大侠也，业为人保镖，河北、山东群盗咸奉为祭酒。王五因为制法律约束之，其所劫必赃吏、猾胥，非不义之财无取也。

已卯、庚辰间，三辅劫案数十起，吏逐捕，不一得，皆心疑王五，以属刑部。于是刑部总司谳事兼提牢者，为溧水濮青士太守文暹，奉堂官命，檄五城御史，以吏卒往捕。王所居在宣武城外，御史得檄，发卒数百人围其宅。王以二十余人持械俟门内，数百人者皆弗敢入，第叫呼示威势而已。会日暮，尚不得要领，吏卒悉散归。既散，始知王五不知何时亦着城卒号衣，杂稠人中，而官吏不之知也。

翌日，王五忽诣刑部自首。太守召而询之，则曰："曩以兵取我，我故不肯从命，今兵既罢，故自归也。"诘以数月来劫案，则孰为其徒党所为，孰为他路贼所为，侃侃言，无少遁饰。太守固廉知其材勇义烈，欲全之，乃谬曰："吾固知诸劫案于汝无与，然汝一匹夫，而广交游，酗酒纵博，此决非善类。吾逮汝者，将以小惩而大戒也。"笞之二十，逐之出。

岁癸未，太守出为河南南阳知府。将之官，资斧不继，称贷无所得，忧闷甚。一日，王五忽来求见，门者却之。固以请，乃命召入。入则顿首曰："小人蒙公再生恩，无可为报，今闻公出守南阳，此去皆暴客所充斥，非小人为卫，必不免。且闻公资斧无所出，今携二百金来，请以为赆。"太守力辞之，且曰："吾今已得金矣。"五笑曰："公何欺小人为？公今晨尚往某西商处贷百金，议不谐，安所得金乎？无已，公盍署券付小人，俟到任相偿何如？至于执羁靮、从左右，公即不许，小人亦决从行矣。"太守不得已，如其言，署券与之，遂同行。

至卫辉，大雨连旬，黄河盛涨，不得度，所携金又垂尽，乃谋之五，曰："资又竭矣，河不得度，奈何？"五笑曰："是戋戋者，胡足难王五？"言毕，乃匹马腰佩刀，绝尘驰去。从者哗曰："王五往行劫矣。"太守大骇，旁皇终日不能食。薄暮，五始归，解腰缠五百金掷几上。太守正色曰："吾虽渴，决不饮盗泉一滴，速将去，毋污我。"五哑然大笑曰："公疑我行劫乎？王五虽微，区区五百金，何至无所称贷，而出此乎？此固假之某商者，公不信，试为折简召之。"即书片纸，令从者持之去。次日，某商果来，以五所署券呈太守，信然，太守始谢而受之。

五送太守至南阳，仍返京师，理故业。安晓峰侍御之戍军台也，五实护之往，车驮资皆其所赠。五故与谭复生善，戊戌之变，五诣谭君所，劝之出奔，愿以身护其行，谭君固不可，乃已。谭君既死，五潜结壮士数百人，欲有所建立，所志未遂而拳乱作，五遂罹其祸。

南下洼水怪

光绪甲午三月，京师南城外陶然亭畔苇潭中，忽有怪声如牛鸣。余时在都下，尝亲闻之，确如牛鸣盎中，其声呜呜然。有疑为蛟、蜃之属者，有谓盗窟此中者，市井人妄绘其形，名之曰“大老妖”，谓其物专噬洋人。稍有识者皆哂其无稽，而图说刊板流传，遍布大江南北，乃至新疆塞外。官吏示禁，竟不能止。福文慎锟时为执金吾，调兵穷搜，卒莫得端倪。内务府至召僧道设坛讽经以禳之，数月后始寂然，真异事也。

张豫荃其淦《梦痕仙馆诗抄》中一首，咏此事云：

右安城门当昼晴，野畦浅水芦苇平。
忽有怪物如牛鸣，路人千万皆闻声。
喧传远近草木腥，街衢入夜无人行。
或图其状如鲛鲸，似虎摇尾龙转睛。
巨鳞修鬣腹彭亨，罔两罔象莫识名。
日午健儿敲铜钲，戈矛森立车冲輣。
击以巨炮雷霆訇，如临大敌心怦怦。
登刀蹋火道侣迎，敕召六甲与六丁。
呼星唤鬼与怪争，怪殊不惧反自矜。
若鸣得意声无停，健儿咋舌双目瞠。
拖泥带水如履冰，道人执剑走野亭。
护身符咒嗟无灵，我亦随众来郊坰。
凤城景物争春荣，麦芒渐绿柳眼青。
轻风转蕙晚照明，莺歌燕语调凤笙。

万人如海身伶仃，枳篱薤陇侧耳听。
鸣蛙噪蚓集众蝇，心知其诞笑语倾。
嗟哉危坐高官形，柳阴歧路支凉棚。
藉资弹压列众兵，更欲纷调神机营。
举国若狂谁使令，解人难索系我情。
石言蛇斗传所称，妖不自作由人兴。
见怪不怪知典型，诸公衮衮来槐厅。
纷披宫锦带雀翎，口蜜腹剑利是征。
误人家国倾人城，此真怪物是咎征。
灾祥在德天所凭，反德为乱妖灾生。
嘻嘻出出闻于庭，我欲射之弓阴弸。
梼杌饕餮服上刑，天为一笑河为清。
人妖既除邦乃宁，物妖有象禹鼎呈。
何至妖异喧神京，无乃小怪作大惊。

暨朝鲜战事起，议者乃曰是兵象也。

百年前海王村之书肆琉璃厂于辽为海王村

乾隆时，益都李文藻所著《南涧文集》中有《琉璃厂书肆记》，云：

琉璃厂因琉璃瓦窑为名，东西可二里许。未入厂东门，路北一铺曰“声遥堂”，入门为“嵩口堂”唐氏，“名盛堂”李氏，皆路北。又西为“带草堂”郑氏，“同升阁”李氏，皆路南。又西则路北有“宗圣堂”曾氏，“圣经堂”李氏，“聚秀堂”曾氏。路南为“二酉堂”，“文锦”、“文绘”两堂，“宝田堂”、“京兆堂”、“荣锦堂”、“经腴堂”皆姓李氏，“宏文堂”郑氏，“英华堂”徐氏，“文茂堂”傅氏，“聚星堂”曾氏，“瑞云堂”周氏。“二酉堂”自明中叶已有之，人故呼为“老二酉”。迤西，南转沙土园北口，路西有金氏之“文粹堂”，肆贾谢姓，颇深目录之学，为乾、嘉两朝冠。又北转至正街，为“文华堂”徐氏，在路南，而厂桥东之肆尽矣。桥西仅七家，“先月楼”李氏，在路南。又西为“宝名堂”周氏，在路北。又西为“瑞锦堂”，亦周氏，在路南，其地即韦姓“鉴古堂”旧址。韦氏在乾隆初颇有声，全谢山、杭大宗、朱笥河诸先生皆折节与交者也。又西为“焕文堂”周氏，“五柳居”陶氏，在路北。陶氏即黄荛圃题跋所谓“五柳主人”者也。又西为“延庆堂”刘氏，在路北。又西为“博古堂”李氏，在路南。自此出厂西门，书肆尽矣。

今去南涧时甫百年，而《记》中所列各家乃无一存焉者，求如陈思、蔡益所之流，益不可得矣。《南涧集》在潘氏《功顺堂丛书》中，今印本亦渐希，爰撮其要于此，以饷后之修《城坊记》者。

燕郊废寺之金炉台

燕郊镇在京师东，属通州，东陵往来孔道也。曩时，曾宿其地。去镇数里许，道旁一废寺。土人为言："寺建于明中叶，入国朝百余年，殿宇颓圮无存者，唯一香炉、两烛台在焉。炉高八尺，台丈余，熔铁为之，重莫能举，故弃置荒烟蔓草中，久无人过问者。"

乾隆四十二年，纯庙谒陵，跸路经此，忽遇暴雨，乃入寺暂避。偶以鞭扣炉，曰："此非铁声也。"令侍卫椎破之，皆精金铸成，外涂火漆。更察两烛台，亦如之。遂命移入内库。

寺之缘起，州志不详。后土人于墙阴掘得一碑，乃明嘉靖中太监李玙家庙也。世宗约束内监极严，李玙名不见史册，似非当时权贵，而豪富已如是，彼王振、刘瑾、汪直、魏忠贤辈，其奢汰当更何如？史册所传，正恐未尽其什一耳。呜乎！民力安得不日蹙也？

云南铜厂

国家二百余年用铜专仰云南，而铜厂之弊亦遂不可胜言。咸、同间，有钱塘吴仲云者，官滇久，有《厂述诗》四首，言之最详，足备掌故。其诗云：

（一）

华楹具百戏，雕俎罗八珍。
指使诸童仆，佩服丽且新。
问官所职掌，曰铜铁锡银。
朝上一纸书，暮领十万缗。
会计足课额，可以娱嘉宾。
勿谓官豪华，视昔官已贫。
颇闻有某某，凭陵居要津。
积金北斗高，歌舞难具论。
歌舞岂不欢？世事如转轮。
朝廷固宽大，国法亦以伸。
事过三十年，残魄含酸辛。
官今当黾勉，富贵天所亲。
鸩卮与漏脯，智者终逡巡。
哀哉铜山下，乃有饿死人。

（二）

滇厂四十八，宝路区瘠肥。

媪神岂爱宝？苗脉有盛衰。

攻采矧云久，造物亦告疲。

宁台与汤丹，[1]今亦非曩时。

小厂益衰竭，征课檄若驰。

何从获硬硖？[2]间或得草皮。[3]

鸡窝不满万，[4]饿鞘亦何为？[5]

长荄入龙窟，水泄费不赀。[6]

年年告缺额，呵斥安敢辞？

我闻古铜官，坊冶各有司。

方今吏事繁，难理如乱丝。

况复畀厂政，殿最较铢锱。

既耕复使织，谁能剂盈亏？

上瞻九府供，下给家室私。

官私两不病，治术其庶几。

（三）

受事平其争，厥长凡有七。[7]

锤手与沙丁，是皆长所帅。

有犯则挟之，昼夜戒无逸。

帕首缚口登，行若缘缝虱。

仰攻亦俯钻，但惧引线失。
风穴窍谽谺，[8] 厢木驾疏密。[9]
龙惊地轴裂，一入不复出。
悲哉干虮子，枯腊黑于漆。[10]
更闻扯火勤，炉罩难毕述。
争尖与夺镨，刀剑斗狂猘。
一朝鸟兽散，探胠入民室。
索之籍无名，山箐费穷诘。
持此问长官，镇抚用何术？

（四）

厂主半客籍，逐利来入边。
入官报试采，自竭私家钱。
欣然大堂获，继以半火煎。[11]
抽课得羡余，陶朱不足贤。
百货日麕集，优娼肆娇妍。
荒荒蛮瘴中，聚若都市阛。
闻者馋涎垂，扰扰蚁集膻。
叩囊出黄金，一掷虚牝填。
所愿倘不偿，家室成萧然。
妻孥难存活，伴侣空相怜。
不如扶犁好，犹得耕薄田。

注释

1 二厂名，最大。

2 硐，谓之“鳣”。鳣石坚者，谓之“硬硖”。硬，则可久获大矿。

3 浮浅而少者，谓之“草皮矿”。

4 “鸡窝”，厂名，出铜最少。

5 饿鞘，无矿苗。

6 硐有积水，百计始能涸之，谓之“拉龙”。

7 有客长、课长及炉、锅、镶、硐、炭诸长。

8 入深苦闷，凿窍以泄。

9 硐虑下陷，每两尺余支木四，是为一厢。硐之远近以厢计。

10 硐陷死者，为地气所养，尸不腐，名曰“干虮子”。

11 矿旺曰“大堂”，晚煎晓成曰“半火”。

嘉禾图

乾隆二十八年七月杪，松江府境暴风三日夜不息，禾尽偃，稻花全落。诸县田有一粒不收者，有亩收斗许者，有及半者，则庆大有年矣。吴士卢元昌有诗纪之曰：“困穷甘俭食，垂老遇奇荒。百岁人稀遘，三吴事可伤。探丸竟白日，划篋到黄堂。时松江府署被劫。我粟无升斗，开门亦不妨。”如此奇灾，乃巡抚洪之杰不唯讳灾不告，反取句容县境青苗一束，绘《嘉禾图》上献。诏书嘉奖，宣示中外，吴人衔之次骨。呜乎！天下妄狠人，独洪之杰也欤？

《知不足斋日记》抄本

丛书之刻，至国朝而始精，若歙之鲍、吴之黄、金山之钱，张南皮所谓“五百年中决不泯灭”者也。然士礼居专重景宋，秘笈无多。守山阁专取《四库》未刻之本，犹嫌其经说及考据书太多，而唐宋说部及前人遗集独少。唯知不足斋三十二集于四部无所不收，而杂史、小说两种所收尤夥，皆据精本、足本付刊，绝无明人专擅删改之弊。且巾箱小册最便流通，其有功文献者，更在黄、钱上矣。

南海潘峄琴学士衍桐尝言，曾在扬州书肆见有《知不足斋日记》抄本数帙，密行细字，是渌饮老人真迹，皆记所得古书始末及与乾、嘉诸老往还商榷之语，于古刻之优劣、鉴别之方法、收藏家传授之源流，皆言之綦详。次日往购，则已为他人取去矣。此书未经劫火，当仍在世间。海内好事家倘为之刻布传流，其声价当在《百宋一廛赋》之上也。

三进士出身之奇

本朝进士出身最奇者三人，皆在国初。一杞县任暄猷，明末团练乡勇，御流寇有功，后仕福王，为后军都督。王师下南京，投诚隶旗下，中顺治壬辰进士，以磨勘被黜，后再中乙未进士。一邵阳吴芳，崇祯己卯举人，永历中官至左都御史。归命后，愿以科第进，中康熙甲辰进士。一五河钱世熹，明末官县令。鼎革后，削发为浮屠。久之，复还俗为诸生，康熙庚戌成进士，年已七十余。

奏疏纰缪

国朝满洲入仕之途甚宽，各部院笔帖式目不识丁者殆居多数。循资比俸，亦可至员外、郎中。然不能得京察一等，无外补之望，乃以保送御史为出路。朝廷视满御史甚轻，但保送，即记名，不必考试也。故满御史多不能执笔作书，间或上疏言事，然亦他人为之捉刀。

光绪甲午冬，东事正亟时，一日早朝，福山王文敏在午门外与同列论及军事，太息曰："事急矣，非起檀道济为大将不可。"盖指董福祥也。一满御史在旁闻之，殷殷问檀道济三字如何写，或书以示之，次日即上奏请起用檀道济。又有一御史上疏力保孙开华，不知开华已死数年矣。又某京堂上奏言："日本之东北有两大国，曰缅甸，曰交趾，壤地大于日本数倍，日本畏之如虎。请遣一善辩之大臣前往该两国，与订约，共击日本，必可得志"云云。闻德宗阅此疏，甚为震怒，将降旨斥革。恭忠王在侧，言："如此将使满洲大臣益为天下所轻"，乃止。

昔康熙时，一老侍卫直乾清门数十年，清寒甚。圣祖见而怜之，因授为荆州将军。诏下，妻子皆狂喜，而某独不乐，戚友来贺者，辄对之痛哭。骇问其故，则曰："荆州要地，东吴之所必争，以关玛法之智勇尚不能守，何况于我，此去必死于东吴之手矣。"众知其不可理喻，咸匿笑而已。然此人犹能读《三国演义》，犹自知才力之不胜，在今日飞鹰走狗之徒上万万矣。"玛法"者，国语"贵神"之称。

文牍谬误

光绪年相传有两事，绝可笑。

某生者，夙以善书名，为义州李子和制府鹤年司折奏十余年。义州后缘案革职，某生转入合肥李筱泉制府瀚章幕中。时合肥方督两湖，一日奏事至京，上发视之，则湖广总督其官，而李鹤年其名也。合肥因此大被申斥，并交部议处。不知当时幕中人何以都漫不省视耶？

一为魏午庄制府光焘官平庆泾固道时，驻军固原，部下有逃卒数人，大索，不可得。乃通札各府及直隶州，饬所属严缉。此本照例文牍，向无人措意，吏胥不通掌故，以奉天府杂入各府中，径行札饬，且呼其官曰“奉天府知府”。是时，官留尹者为松侍郎林，得札大恚，即行文往询其故。魏乃大窘，浼某贵人为之缓颊，馈松万金，自称门生，事乃已。次年，松复致书魏，托购玄狐、猞猁孙等珍裘数十袭，为价又以万金计。时人称“此札直二万金”云。然自官制改革以来，奉天尹竟改为知府矣。

明季两烈妇

宁藩下永宁王世子妃彭氏，奉贤人，生有国色，足极纤，江西人以“彭小脚”称之。而骁勇多智，力敌万夫。江西破，永宁父子皆殉国。妃乃率家丁数十人入闽，寓汀州，结义军将范继辰等，聚众数千，克宁化、归化等十余州县，势张甚，大清兵极畏之。会岁饥，众稍散，遂以顺治五年为叛将王梦煜所败，被执，不屈，绞杀于汀州之灵龟庙前。其从婢二人，一名金保，一名魏真，年皆未及笄，而俱有勇力，善骑射。妃既死，保自刭，真窜山谷间十数日，兵退乃出，窃妃与保尸葬之，遂去为尼，不知所终。此事明季诸野史俱未记载，惟见施鸿保所著《闽杂纪》中，亟表而出之。

霍山黄鼎者，诸生也。鼎革时起义，后降洪承畴，授总兵，使驻江南。其妻独不肯降，拥兵数万人，据濠泗山谷中，与王师抗，数有斩获。总督马国柱乃召鼎至，谓之曰："汝独不能招汝妻使降乎？"对曰："不能，然有子在此，使之往，或可动也。"乃命其子往。妻曰："大厦已倾，一木夫何能为？然志士不屈其志，吾必得总督亲来庐州一面，约吾解众，喻令剃发。然吾虽解兵，当仍居山中，不能如吾夫听调遣也。"国柱许之，即自至庐，妇率众出见，兜鍪贯甲，凛凛如伟丈夫。执总兵见督府礼，以兵饷簿籍授国柱，即上马驰还山中，终不与夫一见。此妇真有烈丈夫风，而姓字阒如，惜哉！

明之末造，豫中阮太冲愤兵骄将惰，乃著《女云台》以讥之，杂取古女子妇人建义灭贼事，多至数十百人，一时传之。呜乎！若彭妃、黄妇者，又岂让古人哉？颇疑《红楼梦》所述"姽婳将军"事，即指彭。

李奉贞

胜国末造，奇女子最多，其能执干戈以卫社稷者，秦良玉最烜赫外，若沈云英、刘淑英、毕著辈，皆见诸名家集中，为之碑版歌诗，功虽不成，而名足以不朽矣。独国朝闺阁之知兵者，不少概见。

咸丰朝唐县李武愍公孟群有从妹名奉贞者，知书，工骑射，六韬、孙吴、风角、占验之书靡不精究，而奉母不字。武愍以知府奉胡文忠檄督师讨贼，招奉贞同往。奉贞即戎装从行，在军中画策决胜，往往建奇功。武愍由郡守数年间擢至藩司，帮办军务，半奉贞力也。武愍一日以轻兵追贼，失利，被围十余重。他将悉束手，不敢救。奉贞独率所部驰赴之，枪林弹雨中突围而入，手斩勍贼数十级，贼众披靡，卒护武愍归，甲裳均赤，万众骇视，惊为天神。后文忠以大军攻汉阳，寇坚守，久不能克。奉贞与方伯谋夜袭之，孤军深入，中贼伏，援兵不至，遂血战死，年才二十余。奉贞死，武愍军气骤熸。未几，亦战死矣。

往时，见某说部纪奉贞事，独深致不满，亦可谓不成人美者矣。武愍擢帮办时，年亦甫二十七。商城周文勤时长军机，与李氏世姻。上一日从容语及武愍，因垂询曰："李孟群相貌不知如何英伟，卿当识之。"文勤故与武愍父子不协，即奏曰："李孟群固勇于任事，但惜其年太少耳。"上闻之，佛然曰："如卿言，少年人皆不能办事耶？"文勤亟惶恐，谢罪出。盖文宗嗣服之初，春秋鼎盛，锐欲有为，文勤之言适中上所忌也。未几，文勤即缘事罢军机大臣。毕著事，《国朝诗别裁》载诸小传，谓"其父为流贼所杀，著募兵为父复仇，卒歼贼"。考明末流寇未尝至山东，著父之死实在崇祯十五年，正太宗文皇帝亲统大兵南下时也，著实与我朝兵战。归愚未考，遽以"流贼"书之。后来馆臣重订，竟不加改正，尤为巨谬。

女子绝技

闺秀能诗词书画者多，而以它美术显者绝少。

国初梁千秋之侍儿韩约素字钿阁者，善镌印章，周栎园载之《印人传》中。有以数寸大石章求镌者，约素辄颦蹙，曰："欲侬斫山骨耶？"

康熙中，吴门顾二娘以制砚著称，此则真可谓"斫山骨"者矣。闻顾生平所制砚不及百方，非端溪老坑佳石不肯奏刀。传其以鞋尖点石，即能辨别瑜瑕，亦奇技也。

乾隆末，杭州何春巢承燕得一砚于金陵市上，背镌刘慈一绝云：

一寸干将切紫泥，专诸门巷日初西。

如何轧轧鸣机手，割遍端州十里溪。

跋曰：“吴门顾二娘为制斯砚，赠之以诗。顾家于专诸故里，故云。时康熙戊戌秋日。”诗绝超逸。慈，不知何人也。何工倚声，因赋《一翦梅》镌其旁，云：

玉指金莲为底忙，昔赠刘郎，今遇何郎。墨花犹带粉花香，自制兰房，佐我文房。　　片石摩挲古色苍，顾也茫茫，刘也茫茫。何时携取过吴阊，唤起情郎，吊尔秋娘。

此条见袁随园《诗话》，喜其韵绝，攫以实吾书。戊戌为康熙七年，距今才二百三十年耳。然问诸吴人，已无能举其姓字者矣。词绝俗，迥逊刘诗矣。

尹杏农侍御

桃源尹杏农侍御为咸丰朝直臣。戊午英舰抵天津，举朝抢攘，无所为计。侍御独疏陈战守机宜，先后八九上。枢臣主和议，卒格不行。最后疏上，奉命随同王大臣会议，郑亲王端华厉声诘责，侍御抗辨不少诎，由是直声震天下。而权贵益侧目，卒藉科场案去之。同治时再起，治军河南，官河陕汝道。民怀其德，殁后入祀名宦，治绩宣付国史馆，列《循吏传》中。所著有《心白日斋诗文集》，集中警句，如：

元佑一朝遗老尽，永和三月酒人稀。《花之寺送朱韩伯》

时来将相都论命，老去英雄只著书。《题冯林一〈邓尉著书图〉》

烟花不为哀鸿减，林木空余社燕归。《春日师行有感》

皆俯仰盛衰，欷歔欲绝，入之《主客图》中，洵无愧色。

陈子庄明府之外交

同治丁卯九月，海昌陈子庄明府其元令南汇。时有英商以夹板船载煤运沪，驶大洋中，胶于沙，沉其舟，煤皆散浮海面。海滨居民纷纷往捞取，藏诸家，固不知有洋船也，但识为洋煤而已。未几，一英人偕通事来县，言“船为南汇民所焚，煤尽被掠”，索偿五万金。陈以其语狂诞，拒之去。徐思洋人必不肯遽已，不先查还其煤，必且肇衅，一经闻诸总署，则所伤实多，是不赔而赔矣，且庸知总署不饬令赔偿者？乃亲自赴乡查勘。

沿海地袤延百余里，一时不及周悉，而英领事已照会沪道，委员暨英翻译官偕洋商来矣。且海面时有兵舰往来鸣炮，南汇民大震。陈力与争，曰："吾民果掠尔船，自应治罪。今尔船自阁浅沉没，百姓只捞取水面之煤，何罪之有？藉曰百姓不应取尔之煤，而乞我代为查还，我体两国交好之谊，自当竭力查办。尔所失者煤，并非失银，安得赔银？今言赔银，是讹诈也，讹诈安有交情？我官可去，银不可得。"委员亦以大义责之，英商始气沮。陈因与约：煤船既搁沉，必不能复得全数，将来查得若干，即以若干还之。英商亦首肯。陈次日即赴乡，召集各村之民，老幼男女来者数万人。先以此案始末告之，又以拚一官保卫百姓之意反复申喻数千言。乡民皆感激泣下，曰："实不知有此许多道理，几累我公。"于是，均愿以所捞者送还之。数日间，缴煤十八万斤，事遂已。

同时，又有美船交涉一事。美商运货来沪，遭风滞于沙，不能动，乃至沪雇民船为转运。适有渔舟数艘在海捕鱼，即雇之往，言定每人日给银两圆。往返十余日始竣事，迨向索工资，则尽缚其十六人送沪道，谓系海贼抢劫者。道发上海县研讯，俱不承。十六人者，中有南汇人七，因请发南汇。陈询悉其始末，且访诸七人之乡里，莫不言其冤，乃具禀昭雪。美领事执不肯，则复提沪讯，仍不承，则再移还南汇，而七人中已死其一矣。陈知沪道不足与言也，则直陈其事本末，径禀苏抚。时抚苏使者为丰顺丁雨生中丞，得禀，震怒，亟下札发斥沪道，命立释此十五人。沪道始悚息受命，而美领事亦不复过问矣。盖洋商不过图赖工资，初不祈地方官之办案。有司为积威所劫，不敢不格外讨好耳。

此两事，恨不令今之为吏者知之。

王文靖遗文

宛平王文靖熙为康熙初名相，生平颇挟智任数，回翔于诸满大臣之间，而能得其欢心，以保禄位。世颇有疑《石头记》之王熙凤即指文靖者，其人固极相类也。遗集不传于世，其遗文惟有为陈默公焯征刻遗书一启。亟录之，以见古人风义之笃。

> 盖闻天佑斯文，自产千秋之宗主；人肩大道，宁耽一代之浮荣。故贤圣惟发愤而诗乃成，即后儒必学成而书可著。《春秋》须羽翼，丘明之双目难存；《史记》待昭垂，司马之全形忽废。他如张文昌以乍盲而工乐府，卢照邻缘久疢而擅吟坛。若斯之徒，殆犹小技。矧

夫守先待后，析天人性命之微言；述往思来，备今古兴亡之准鉴。非邀休暇，岂获专勤？

桐城陈默公，九液蕴灵，六匡诞秀，七岁遍通经传，笺研百氏以无遗；十龄辄庀史材，身任三长而不让。衡文吴下，张杨愿撤皋比；正雅云间，陈李齐投缟带。入兴朝而膺恩拔，在廷争睹光仪；甫乡荐而掌秘书，政府咸资手笔。虽大魁中沮，至今犹叹为真状元；迨释褐南归，举世仍呼为好才子。是以熙父任祭酒时之赠诗曰："注残经史年犹少，历尽艰虞气更新。"大冢宰静海高公之赠句曰："无双经学黄江夏，第五科名杜紫薇。"期待各已如斯，通显奚难立致？乃造物巧为成就，夺去子野之聪；令儒术大振今时，悉倚离娄之目。寸阴必惜，日斯迈而月斯征；万卷堪娱，冬不炉而夏不扇。书成廿种，载可盈车。抉六籍之奥义于二经，功约而倍；寓一朝之褒讥于四部，指隐而彰。扫山阴、余姚之禅唾，门庭断自程朱；溯嘉隆、宏正之诗源，流品分从赵宋。《西京》以下，未尝无赋，赋会出而世识真骚；八家之后，敢曰无文，文会行而人裁伪体。若不共襄剞劂，何以仰答圣贤？熙等职在清曹，分应独任。但略计镂板之费，动须数千；势必赖大雅之流，各资涓滴。与其结佛缘以沾利益，何如种文福以厚箕裘。且默公官仅数旬，居无五亩，彼于頔亦人耳，能将百万为高士买山；即郗超小夫乎，屡费千金为故人治宅。今陈子既以诗书为生活，则吾党亦用梨枣代田庐。伏乞诸老年台先生，随分乐捐，声施不朽。噫嘻！杜微失听，犹来君相之求；徐积病聋，实赖苏黄为友。况有功于孔孟，讵止笃夫情亲？谅切同心，敢申虔恳。

默公盖以聋废者。故启中以杜微、徐积为比。今其诸书传世者，惟《宋元诗会》一种耳，启所谓“诗源赵宋”者，即指此书也。

宰白鸭

折狱之吏能使民无冤，固已难能而可贵矣。乃有一狱之起，有司明知其冤，而卒无术以平反之者，其惨痛更何如耶？忆某劝善书中纪福建一狱，至今读之，犹为酸鼻。漳、泉两府顶凶之案极多，富户杀人，辄以多金买贫者代之抵死，沿以成俗，毫不为怪，所谓“宰白鸭”也。

某大令官于闽，襄事福州谳局，尝讯一斗杀案。正凶年甫十六，而死者则伟丈夫也。检尸格，鳞伤十余处，必非一人所能为。且其人尪瘠弱小，亦必非能杀人者。提案复讯，则背诵供招，滔滔汩汩，与详文无一字差。令异之，再令复述，仍一字不误，盖读之已成诵矣。知其必为白鸭也，加之驳诘，矢口不移。再四开导，始涕泣称冤，乃驳回其县更讯。

未几，县又顶详，仍照前供。再提犯鞫之，则断断不肯翻供矣。令犹旁皇不忍断，他委员共嗤其迂，乃代为提讯，遂如县详定案。比臬司亲讯，仍执前供，因诋“尔年齿甚轻，何能下此毒手”，则对曰：“恨极耳。”案定后，发还县。令遇诸门，问其故，则涕泣曰：“极感公再生恩，然发回之后，县官怒其翻供，更加酷刑，求死不可得。父母又来骂曰：‘卖尔之钱已早用尽，尔乃翻供以害父母耶？若出狱，必置尔死地。’进退皆死，无宁顺父母之命耳。”令为之失声哭，遂终身不入谳局云。

此与前纪王树汶事极相类，若树汶者，其真有天幸哉。

史抚部诗

史抚部念祖之工文，前已略述之，兹又得其古近体诗十数章。抚部起家簿尉，中年始折节向学，与樵野侍郎同。侍郎之诗高华，抚部之诗疏宕，皆一时异才也。《古意》云：

美人不世出，嫁必轻薄儿。
奇士不世出，遇必乱离时。
天公最有心，可以见操持。

《征夫吟》云：

丈夫当请缨，挥手勿复虑。
怀中儿问爷，但道封侯去。

《苦雨行》云：

天不雨，东皋禾麦不出土；
天欲雨，道上行人征戍苦。
欲雨不雨心京京，吁嗟天亦难为情。

《驻军赵旗屯除夕发家书》云：

大捷欣看露布驰，春风入垒酒盈卮。
几千万语无人道，二十一年有限时。
谁灭孙卢回浩劫，已收淮蔡是偏师。
家书先写平安字，战状从容报母知。

《即席赠歌者》云：

湓浦琵琶恨未深，六弦添出写秋心。
弓弯破梦翩跹舞，丝袅无痕宛转音。
惜别大难蓝尾酒，用情容易《白头吟》。
他年重访清江道，绿叶成阴何处寻？

《野寺纳凉同五兄莲叔》云：

荧光湿雨明灭飞，昏月挂树松风吹。
露凝落叶堕微响，宿鸟扑扑惊高枝。
古碑卧地断可坐，翁仲无言拱道左。
溪东大冢郁林莽，野狐出没逐磷火。
半晌问答声响息，童携镫来满眼黑。
转念身世各努力，兄弟夜吟亦难得。

《英山》云：

松花一径蹋成尘，松子枯余拾作薪。
绕屋溪声时讶雨，当窗山色远窥人。
野樵度水乱斜照，幽鸟和烟啼晚春。
颇似江南小村落，谋生到此悔征轮。

《雨后》云：

春波泛绿与桥齐，蒲没青尖秃柳低。
昨日汀花留未采，潮生行不到前溪。

数诗皆可夺宋人之席。

黄公度京卿遗词

嘉应黄公度先生，诗笔为同光间大家，而倚声之作，不少概见。顷得其《贺新郎》一阕，亟录之。题为《乙未五月芸阁南归，饮集吴船，各抚贺新郎词，以志悲欢》，词云：

凤泊鸾飘也。况眼中苍凉烟水，此茫茫者。一片平芜飞絮乱，无复寻春试马。又渐渐夕阳西下。水软山温留扇底，展冰奁试照桃花写。影如此，泪重洒。　寻思罗里临行把，竟明明蛟绡分翦，公然割舍。天到无情何可诉，只合理忧地下。但何处得开酒社。相约须臾毋死去，尽丁歌甲舞今宵且。看招展，花枝惹。

苍凉激楚，直摩稼翁之垒。

周太史兰隽语

同治中，吴县周伯荪太史兰督陕甘学政归，与伶人张天元者狎。天元颇风雅，从太史习诗字，过从无虚日，太史戏呼之曰“天儿”。后因事有违言，踪迹渐疏。而奉新许仙屏河帅振祎亦自陕甘学差归京，天元遂弃周而事许。一日，有人戏问太史曰：“日来与天儿相见否？”太史叹息曰：“天而儿、而同音。既厌周德矣，吾其能与许争乎？”闻者为之拍案叫绝，此真天造地设之妙，所谓巧不可阶者矣。前辈吐属，名隽乃尔。

题壁诗

光绪癸未九月出都，宿保定城西之大汲店。旅舍壁间有一诗，墨痕剥落，烟霭模糊，署款有“庚申冬初”字，盖十余年前迹也。字颇豪纵怪伟，因谛视读之。其诗曰：

北去金舆万骑扶，长安城上有啼乌。
禁门昼闭宫槐冷，跸路宵岩塞草枯。
九庙英声惊朔漠，几人留守重西都？
孤臣流涕朝天远，分作沧江老钓徒。

盖文宗北狩时感事之作也。清苍激壮，足以接武大樽。惜署名处泥土剥缺，不知为何人作矣。室中四壁垩刷新洁，独留此一方，知非流俗人所为。召店伙询之，乃知店东故诸生，见此诗而深爱之，故不忍垩去也。僻乡中乃有斯人，亦云难矣。

又，吴寄翳先生曾在荆巫间一山寺内壁上见一诗，云：

大江东去尽蒿莱，尚有黄花此地开。
落木山空秋色老，平芜天远暮愁来。
惊风沙碛盘雕健，残照关河过雁哀。
蓦记今朝是重九，独携樽酒上高台。

盖亦金陵未复以前感事之作。沉郁顿挫，饶有杜意，亦不得作者姓名。

孙北海雅谑

顺治中，张尔唯太守学曾由部郎出守苏州。将出都，孙北海、曹倦圃、龚芝麓三公设宴祖饯，各携所藏法书、名画相夸示，太守亦出旧藏江贯道《长江万里图卷》真迹。三公传观，皆爱不释手，曰："此迹可谓今日压卷矣。"太守意得甚。北海徐曰："此图以万里名，而尔唯一人据之，无乃太贪。不如截作四段，四人分有之，人各得二千五百里，不亦可乎？"曹、龚皆附掌称善，立呼侍者，以刀尺进。太守窘甚，至长跽乞哀。北海大笑曰："吾今日得一集唐绝对矣。"众问之，则"翦取吴淞半江水"、"恼乱苏州刺史肠"二语也，一座为之绝倒。

巧　对

光绪中叶，山东尹琅若编修琳基官词馆，久不开坊，郁郁弗自得，乃纵酒自遣。醉辄谩骂座客，以是与其乡人郑侍御溥元龃龉。郑遽摭尹阴事劾奏之，人皆不直郑。旨下，尹、郑皆休致。是日，枢臣述旨既退，宝文靖语同列曰："'白日放歌须纵酒，青春作伴好还乡。'可移赠尹、郑两君矣。"

甲申春，阎文介、张文达同入军机，二公年皆逾七十。未几，孙文恪毓汶、乌少司空拉布奉命勘案江南北诸省，历年余始归。都人为集唐人句曰：

丹青不知老将至；文介字丹初，文达字子青。

云山况是客中过。乌字少云，孙字莱山。

又，光绪癸巳恩科，殷秋桥鸿少如璋、周伯晋编修锡恩典浙江试。榜发，士论颇不韪。或为联以谑之曰：

殷礼不足征，已经如瞆如聋，漫诩文章操玉尺；

周任有言曰，难得恩科恩榜，好凭交易集金钱。

离析二人姓名，而铢两悉称，语意浑成，尤为巧合。

又，乌达峰尚书与恽次远学士同典浙试，乌文学颇疏浅，而学士有烟癖。或以二人姓为联曰：

乌不如人，胸中只少半点墨；

军无斗志，身边常倚一条枪。

又，同治中，四川副都统有名“铁尔克达春”者，或戏以“金吾不禁夜”对之。

国初富室

国初富室以南季北亢为领袖。季氏居泰兴季家市，其族人三百余家皆有复道，门户相通。每夕行撮者，至六十余人。蓄女乐两部，服饰至直巨万。沧苇侍御振宜以藏书著国初者，即其族也。亢氏籍山西，相传李自成西奔时，所携辎重皆弃之山西，尽为亢氏所得，遂以起家，富甲天下。康熙中《长生殿》曲本初出，亢氏家伶即能演之。器用衣饰，费镪至四十余万，他举称是，今无人能举其姓者矣。保富之术不修，国之所以不竞也。

官书错误

乾隆中修《四库全书》，高宗谓辽、金、元三史地名人名，译音皆失其真，因诏馆臣重加改定。然武英殿本全史，刊于乾隆四年者，尚未暇追改也。道光初，乃诏军机章京重复校正，刓改旧板，而其中有绝可笑者。

《金史·地理志》有“金复海盖”一语，乃总金州、复州及盖平、海城两县而言之，今官牍中尚有此语。乃校者误以“海盖”为人名，而改为“哈噶”。

又，《元史·睿宗传》有“饮酒乐甚，顾谓左右曰”两语，校者误以“甚顾”二字为人名，而改为“萨赖”。

若此之类甚多，殊堪喷饭。且其本地名、人名者，则又不遵《钦定三史国语解》，而以意更换，移步换形，遂令人莫知为何人何地矣。官书之不可信，大抵如此。

《四库全书》之滥觞

乾隆朝修《四库全书》，从《永乐大典》中辑佚书七百余种，人皆知其议之发于朱笥河学士，而不知徐健庵尚书已有此议，学士特因其成说耳。考健庵所为高詹事刻《编珠》序云：

> 皇史宬《永乐大典》，鼎革时亦有散失，往语詹事，皇上稽古右文，千古罕遘。当请命儒臣重加讨论，以其秘本刊录颁布，用表扬前哲之遗坠于万一。余老矣，詹事孜孜好古，幸它日勿忘此言也。

案：《大典》中佚书实不止此七百余种，当时馆臣搜辑，大抵取其卷帙略少者，宏编巨册尚不暇甄录。后来徐星伯先生所辑《宋中兴礼书》、《政和五礼新仪》诸书，皆从《大典》中录出，张石洲实佐其役。石洲曾为人言："其中秘本尚夥，惜无此暇日尽录成书，以补《四库》之缺（此语见某说部中，今忘其名矣）。"庚子拳乱，翰林院被焚，《大典》一书遂无片纸留遗矣。惜哉！

私家藏书楼

旧椠《音学五书》，前有徐健庵兄弟三人启云：

亭林先生年逾六十，笃志五经，欲作书藏于西河之介山，聚天下古今书籍藏其中，以诏后之学者。先达明公，好事君子，如有前代刻板善本，及抄本经史有用之书，或送堂中，或借录副，庶传习有资，坟典不坠。

其后此举竟不果成。

朱竹君学士尝议建书藏于曲阜孔氏，广庋古今坟籍，亦仅有此语。阮文达尝举所藏书分储于浙之灵隐、润之焦山，乱后灵隐毁于兵火，焦山书亦多散佚。闻后来梁按察鼎芬有意规复，尝谋诸丁松生，松生慨捐所藏数百种以付之。故梁题松生《著书图》，有“焦山灵隐存双藏，犹记秋灯递信时”之句。

窃谓名山古刹，将来都不可保，谋建私家书藏者，究以孔林为第一。好事者盍图之？

闺中经世远识

钱塘顾若璞，字和知，故明上林署丞顾友白女，文学黄东生之妻，读书，能古文词，著有《卧月轩合集》。其长子妇丁氏，亦湛深经史，有经世之志。若璞集中，有与其友张夫人一书云：

冢妇丁氏，从余读唐诗，其寄灿诗有云“故有愁肠不怨君”，几于怨诽不乱矣。与灿洒间，绝不语及家事，时为天下画奇计，而独追恨于屯事之坏也。且曰：“边屯则患旁扰，官屯则患空言、鲜实事。妾与子努力经营，倘得金钱二十万，便当北阙上书，请淮南北闲田，垦万亩，好义者引而伸之，则粟贱而饷足，兵宿饱矣。然后仍举盐策，召商田塞下。如此，则兵不增而饷自足。使后世称曰：‘以民屯佐天子，盖虞孝懿女实始为之。’死且目瞑矣。”其言虽夸，然销兵宅师，濡濡成议，其志良不磨。夫人许之否？

巾帼中乃有此高议雄略，而名字翳如，文章行事，不得少见梗概，岂不惜哉！

吴梅村身后之文字狱

国初南浔庄氏私史之狱，罹祸者至数十家，其始末人皆知之。吴梅村《绥寇纪闻》一书，身后亦几成大狱，则无人能言之者。考是书本名《鹿樵纪闻》，不著撰人姓名，或以此疑非梅村所作。向莫明其故，后读施愚山致金长真书，始知当时危栗情状，其不至蹈力田赤溟之覆辙者，亦云幸矣。书略云：“梅村《鹿樵纪闻》一编，邹流骑以故人子弟之义，卖屋为任剞劂，一备放失旧闻，一以表章前辈著述，良为胜事。但不合轻借当时名流姓氏参评，致有此举。盖惩前史之祸，案：此语即某庄氏史狱。不得不申明立案，非有深求于邹也。闻书中绝无触犯，惟凡例所列有大事记，似为蛇足。今拘系赴解，举家号哭，悉焚他书，笥橐为空。毗陵士大夫莫不怜之。邹既贫且老，莫为援手，万一决裂，不特邹祸不测，且恐波及梅村。遗孤惴惴，巢覆是惧。夫束天下文士之手，寒先辈地下之心，或亦当世大贤所不忍为也”云云。案：此则梅村著述，其熸于一炬者，正自不少。而世传《纪略》之本，亦必非曩时原稿可知。

吴汉槎髫年能诗

吴汉槎以丁酉科场事，谪戍绝域，晚岁赐环，侘傺以终。人但悲其数奇运蹇而已，及读《秋笳集》，乃知其于故国惓惓不忘，沧桑之感，触绪纷来，始悟其得祸之由，不随力田赤溟辈湛身赤族者，盖亦幸耳。余最爱诵其《湘中秋感》八律，以为远追信阳，近挹黄门。按：汉槎作此诗，当甲申九月时，年才十三，髫年得此，岂非异才？亟录于此，以谂读者。诗云：

（一）

桂林摇落迥苍苍，岁暮天涯黯自伤。
永夜星河翻梦泽，高秋风雨暗潇湘。
三年作客清砧断，万里怀人丛桂长。
凭眺欲寻西澨佩，数声渔唱起沧浪。

（二）

楚望还登王粲楼，参差吹彻木兰舟。
风清桂岭猿初啸，雨歇苍梧瘴未收。
帝子怨深瑶瑟夜，美人心折白蘋秋。
却怜故国多芳草，几度登临赋远游。

（三）

西山陵阙锁幽宫，辱帝神灵想像中。
银海雁寒虚殿月，玉衣香散夜台风。
天高朔气星辰动，响入边笳御宿空。
禋祀万年开北极，只今秋祭在江东。

（四）

楚宫八月下欃枪，宗子谁传带砺盟。

云梦旌旗还去国，章华台榭更开营。
珠囊夜泣三湘雨，玉马秋迷六诏兵。[1]
闻道至尊思叔父，蛮烟渺渺动皇情。

（五）

齐豫诸军尽北来，淮淝山色阵云开。
九江潮稳飞龙舰，万骑风高戏马台。
殊锡竞推王导贵，折冲空忆谢玄才。
先皇恩泽知无斁，誓众应多缟素哀。

（六）

遥传陶侃驻江干，三月兵戈血未干。
甲帐紫貂多纵寇，牙门青犊共登坛。[2]
严城落日征烽急，绝塞迎寒画角残。
共道楚军能战斗，却教鄢郢路常难。

（七）

千里平沙接大荒，襄中风物自苍苍。
汉江莫掩孤城白，戍鼓寒沉落照黄。
逐寇健儿骄玉马，观军中贵拥银铛。
可怜高纛重围里，却使君王策庙堂。

（八）

长沙寒倚洞庭波，翠嶂丹枫雁几过。
虞帝祠荒闻野哭，番君台迥散夷歌。

关河向晚鱼龙寂，亭障凌秋羽檄多。

寥落楚天征战后，中原极目奈愁何！

注释

1　自注：楚中诸王避地黔、粤者，半为夷獠所掠。

2　自注：左侯麾下半系降将，有赐蟒玉者。

大盲头陀遗诗

大盲头陀，故明遗民，不传其姓名。钱牧斋尝为刻其诗百首，陈菊人为之序曰：

> 头陀少负隽才，名噪诸生间。每思效陈汤、傅介子、班超、马援，扬旌秉钺，立功万里外。国变后，呕血数升，卸衣去巾，咏“满地芦花和我老，旧家燕子傍谁飞”及“宁可枝头抱香死，何曾吹陨北风中”之句，辄涕下被面。久之，往来秦淮，亲见蒲柳宫墙，铜驼荆棘，呻吟梦呓，发为诗歌，其忠孝大节，皭然不欺如此。

牧斋最喜其“牧马人归夕阳影，报钟僧打过潭声”及“鸥惟空阔无他恋，燕亦炎凉到处飞”之句，以为世之有名籍甚，张鳞竞爪者，恐未能有此逸句也。

孙豹人遗事

三原孙豹人先生，于甲申闯寇乱时，曾结里中少年杀贼，失足堕坎中，幸不死。后流寓广陵，学贾，三致千金，已而尽散之，僦居董相祠，扃户读书。身长八尺，庞眉广额，衣冠甚伟。与尤悔庵初未识面，一日悔庵集某公处，豹人甫入门，悔庵即离坐起迎曰："此孙先生也，余固识之。"相与大笑。

豹人晚年，筑室数楹，题曰"溉园"，烹鱼釜鬵，隐然寓匪风之痛也。尝游焦山，中流遇大风，鼍作鲸吞，舟中人失色震恐。豹人独扣舷歌曰：

风起中流浪打舷，秦人失色海云边。

也知赋命原穷薄，尚欲西归太华眠。

时人服其雅量。

王文简之司李扬州也，慕豹人名，欲往诣之，而恐其不见，乃先之以诗曰：

焦获奇人孙豹人，新诗雅健出风尘。

王宏不见陶潜迹，端木宁知原宪贫！

遂为莫逆。渔洋俸满入都，豹人送以诗曰：“欲问忘情老，何名并命禽？”

吴征君农祥遗事

吴征君农祥，字庆百，仁和人，康熙十八年荐举鸿博。征君生有异禀，淹贯经史，与西河、竹垞颉颃，而身后之名稍晦。方四方征车诣阙，益都相国择其尤者六人，客之邸中，世称佳山堂六子。六子者，迦陵、西河、吴任臣、王嗣槐、徐林鸿，其一则征君也。征君鸢肩鹤颈，指爪长三寸，须鬑鬑然，颓然渊放，得钱辄付酒家，而识微见远。吴下人沿复社故态，角艺相征逐，而浙西之读书、秋声、登楼、孚社及慎交诸社，争立名字应之，各欲得征君自重。征君曰：“是载祸见饷也，诸君子忘东京钩党事乎？”不答书，亦不发视。其后政府果切齿为社事者，尽搜所刊录摧烧之。

《随园诗话》言征君乳哺时，哑哑私语，谛听之，皆建文时事也，年逾十岁，始不复言。此则邻乎语怪矣。

屈翁山遗诗

屈翁山大均诗集在禁书中，世不获读其全集者久矣。顷在一选本中，将〔见〕其大都宫词三首，乃知禁毁之由，因其多纪掖庭秘事也。其诗云：

暖殿开春宴，才人赐锦袍。
舞低吴蛱蝶，歌倚郑樱桃。
学士调花曲，阏氏按凤槽。
只愁金漏短，日出未央高。

具带盘龙锦，垂髾堕马妆。
汉宫丹凤女，胡地白羊王。
夜醉蒲桃酒，朝开蹋鞠场。
邯郸诸小妇，杂坐弄笙簧。

佳丽征南国，中官锦字宣。
紫宫凤双入，秘殿百花然。
卓女方新寡，冯妃是小怜。
更闻乔补阙，愁断绿珠篇。

按：此诗所刺者，大抵初入关时睿、豫诸王事。梅村七言绝中，多有足与此诗相印证者。

钱牧斋诗案七则

钱蒙叟《有学集》以有指斥国朝之语，遂被厉禁，焚书毁板，几与吕晚村、戴南山诸人等。二百年后，遗集始稍稍复出。尝取集中诸诗文一一勘校，虽指斥之词触目皆是，然大抵愤激诅詈之语，未尝有实事之可指，尚不如翁山诗外所咏轶事，有裨蒴胜异闻，不知身后受祸何以如此其酷！

唯《有学集》第十三卷中有《和烧香曲》一首，词气惝恍迷离，若有所指。疑当时宫闱中必有一大事，为天下所骇诧者，虽以东涧老人之颜厚言巧，谬托殷顽，亦不敢质言其事，而托之拟古耳。《义山集》中有《烧香曲》，故此以和名。东涧生平不作昌谷玉溪体，尤见此诗之有为而发也。诗云：

下界伊兰臭不收，天公酒醒玉女愁。
吴刚盗斫质多树，鸾胶凤髓倾十州。
玉山岢峨珠树泣，汉宫百和迎仙急。
王母不乐下云车，刘郎犹倚小儿立。
异香如豆著铜镮，曼倩偷桃爇博山。
老龙怒斗搜象藏，香云罨蔼通九关。
鬻香长者迷处所，青莲花藏失香谱。
灵飞去挟返魂香，玉杖金箱茂陵土。

烟销鹊尾佛灯红，梦断钟残鼻观通。
杂林香市经游处，衫袖浓熏尽逆风。

按：此诗与梅村《清凉山赞佛》诗似可参观。

顷读《有学集》诸诗，摘其诋諆本朝之语而汇录之，其仅仅眷怀故国之词不与焉。《投笔集》诸诗全首指斥不与。大抵所指斥者，以剃发及国语两事为最夥。如：

髡钳疑剃削，坏服觅俦侣。《次韵赠别友沂》

碣石已镌铜狄徙，天留一媪挽颓纲。《袁节母寿诗》

马沃市场余苜蓿，婢膏胡妇剩燕支。又

春酒酌来成一笑，黄龙曾约醉深卮。《吴期生生日》

国殇何意存三户，家祭无忘告两河。《简侯研德》

纸帐梅花檀板月，梦魂不到黑山边。《虎邱舟中戏张稚昭》

朔风吹动九天昏，四壁明灯笑语温。
可叹爰居无屋止，避风常向鲁东门。《题京口避风馆》

三王五伯迭整顿，君臣将相同拮据。
撑天拄地定八极，为此衣冠礼乐争寰区。

东门啸戎索，北落移天枢。

裸衣笑神禹，好冠诧勾吴。《放歌行》

东门铜狄不相待，麻姑筵前见桑海。

燕山马角可怜生，扬州鹤背知谁在。

天关汉口未通津，银海又报生埃尘。

渔阳白雀自宾主，鱼凫杜宇犹君臣。《孙郎长筵劝酒》

宵来光怪横甲兵，弥天倒泻修罗雨。《补山堂》

顾影不须嗟短鬓，黄花犹识晋衣冠。《题〈菊龄图〉》

周冕殷冔又劫灰，缁衣僧帽且徘徊。《归立恭画像》

苍鹅崇朝起池水，杜宇半夜啼居庸。

铜人休嗟冶新铸，铜驼会洗尘再蒙。《乳山道士劝酒》

南戎江山半壁新，月华应不染胡尘。《南楼》

阴火吹风扑灯烛，鬼车载鬼嚎檐端。

须臾神鬼怒交斗，朱旗闪烁朱轮殷。

相柳食山腥未憖，刑天争神舞不闲。

天吴罔两助声势，海水矗立地轴掀。《寒夜记梦》

梦得朱嘱书，旁行写复复。

不辨科斗文，神官为我读。《饮酒杂诗》

圣人必前知，卓哉我高皇。
天文清分野，两戎分针送。
躔度起斗牛，天街肃垣墙。
篇终载箕尾，尾闾慎提防。
眇然龟鱼呈，海底沉微茫。
卓荦世史书，浚臣提正纲。
戎夏区黑白，亘古界阴阳。
石屋閟光怪，化为鱼鸟章。
高秋风雨多，夜起视袭藏。前题

阊门飞阁瓦欲流，毒雾腥风满阡陌。《放歌行》

阁道垣墙总罢休，天街无路限旄头。
生憎银漏偏如旧，横放天河隔女牛。《丙戌七夕》

贝阙珠宫不可寻，六鳌风浪正阴森。
桑田沧海寻常事，罢钓何须叹陆沉。《海客钓鳌图》

残书翻罢劫灰过，汗简崔鸿奈史何?
贡矢未闻虞服少，专车长诵禹功多。
荒唐浪说程生马，讹谬真成字作他。
东海扬尘今几度，错将精卫笑填河。《次林茂之韵》

地更区脱徒为尔，天改撑犁可奈他。又

茫茫禹迹今如此，愦愦天公莫怨他。又

先祖岂知王氏腊，边人不解汉时春。《次茂之申字韵》

沧桑以来六百殃，飙回雾塞何茫茫？
昆明旧灰铄铜狄，陆浑新火炎昆冈。
乘舆望御委尘土，武库剑履归昊苍。
炮火荡抛琬琰字，马牛蹴蹋金玉相。《新安汪氏收藏目录》

虽无法部仙音曲，也胜阴山敕勒歌。《夏日燕新乐小侯》

林木犹传唐痛哭，溪云常护汉衣冠。《严祠》

歌舞梦华前代恨，英雄复汉后人思。《西湖杂感》

昔叩于公拜绿章，拟征楛矢靖东方。
鸱夷灵爽真如在，铜狄灾氛实告祥。又

堤走沙崩小劫移，桃花剺面柳攒眉。
青山无复呼猿洞，绿水都为饮马池。
善舞猕猴徒跳荡，能言英武［鹦鹉］学侏离。
只应鹫岭峰头石，却悔飞来竺国时。又
匼匝湖山锦绣窠，腥风杀气入偏多。
梦儿亭里屯蛇豕，教妓楼前掣骆驼。

粉蝶作灰犹似舞，黄莺避弹不成歌。
嘶风渡马中流领，顾影相踣怕绿波。又

青衣苦效侏离语，红粉欣看回鹘人。又

莺断曲裳思旧树，鹤髡丹顶悔初衣。又

发短心长笑镜丝，摩挲皤腹帽檐垂。
不知人世衣冠异，只道科头岸接篱。《题丁老画像》

渭滨方罫擅长安，纱帽褒衣揖汉官。
今日向君谈古事，也如司隶旧衣冠。《京口观棋》

朔雪横吹铜柱残，五溪云物泪汍澜。
法筵腊食犹周粟，坏色条衣亦汉官。《怀岭外四君》

歌闻敕勒，只足增悲。
天似穹庐，何妨醉倒。《高会堂酒阑杂咏序》

毳帐围廛里，穹庐埒堵墙。
骆驼冲燕寝，雕鹫扑回廊。
绿水供牛饮，青槐系马桩。
金扉雕绮绣，玉轴剔装潢。
筚篥吹重阁，胡笳乱洞房。
老夫殊氍毹，吾子剩飞扬。《徐武静生日》

兵前吴女解伤悲，霜咽琵琶戍鼓催。

促坐不须歌出塞，白龙潭是佛云堆。《霞老置酒记事》

兰锜羝羊触，罘罳冻雀穿。

左言童竖惯，右衵道途便。

芦管声啁哳，穹庐帐接连。

铜驼身有棘，金狄泪如镌。

沙道堤翻覆，云台像播迁。

只孙侔貔虎，怯薛领貂蝉。

潼酒天厨给，驼羹御席骈。《苇城惜别》

指示旁人浑不识，为他还着汉衣冠。《自题小像》

执热汉臣方借箸，畏炎胡骑已扬舲。《鸡人》

东涧为瞿忠宣公座师，其哭忠宣诗一百韵，情词悱恻，接武少陵。取其诗而掩其名，谁复知为黼訏殷士之言也哉？

《有学集》中又有《戏为天公恼林古度歌》一首，仿昌黎二鸟、青田二鬼之作，至为奇诡。诗入集中第二卷，而题其后曰："此诗得之江上丈人，云是东方曼倩来访李青莲于采石，大醉后放笔而作，青莲激赏而传之也。或曰青莲自为之，未知是否。"其诗云：

己丑春王近寒食，阳和黯黮春无力。严霜朔风割肌骨，愁霖累月天容黑。撤空飞霰响飘萧，殷雷阗阗电光激。须臾冰雹交加下，乱打轩窗攒矢石。老人拥被向壁卧，如蚕缩茧鸟塌翼。金陵城中有一老生林古度，目眵头晕起太息。摩挲箱架翻玩占，彳亍乡邻卜蓍策。对饭失箸寝失席，如鱼吞钩挂胸臆。蛙怒鼓腹气彭彭，蚓悲穴窍音唧唧。吟成五言四十字，字字酸寒气结轖。一吟啼山魈，再吟泣木客，三吟四吟天吴罔两纷来下，钟山动摇石城仄。山神社鬼不敢宁居号咷诉上帝，帝遣六丁下搜获。天公老眼慵识字，趣召巫阳呼李白。李白半醉心胆麄，曼声吟诵帝座侧。天公倾听罢，拍手笑哑哑。女娲弄黄土，抟作两笨伯。卢仝下贱臣，叩头诅月蚀。林生韦布士，两雹恣诃斥。天壤之间孱儿产二儒，使我低头掩耳受镌责。唐尧为天子，倦勤而禅息。穆满八骏归，耄期乃登格。我为天帝元会运世八万六千岁，安能老而不耄长久精勤勿差忒？二十八宿纠连炁孛罗计四余气，控诉西历频变易。四余刊一四气孤，列宿失躔紊营室。吁呼真宰乞主张，我为一笑付闵默。由来世界怕劫尘，宁保云苍免黜陟。我甘名号改撑犁，汝辈纷呶复奚恤？汝勿苦霖雨，不见修罗宫中雨下成戈戟。汝勿苦雪霰，不见尧年牛目雪三尺。电胡为而作？乃是玉女投壶失笑天眼坼。雷胡为而作？乃是东方小儿作使阿香掉雷车而扇霹雳。雹胡为而作？乃是女娲补天之余石碎为炮车任腾掷。《春秋》请高阁，《鸿范》仍屋壁。仲舒《繁露》诚大愚，刘向五行徒恳恻。鲰生捉鼻善吟缚衣带，何用撼铃伐鼓置天驲？天公支颐倦欲卧，金童玉女擎觞进金液。此义沾醉毰毸骑白雀，遥观金陵城中吟诗之人，夜分鼾睡殊燕适。擂鼓忽坐通明殿，号召玄冥丰隆诸神齐受职。火速趋赴金陵城，雪霰重飞雹再射。推敲衡门穿户牖，恼乱吟魂搅诗魄。是时千夜正昏黑，大家小户眠不得。眠不得，忽惊吓，乃是天公弄酒发性，故与吟诗老生作戏剧。

"西历"、"变易"两语，乃似近人顽固党口吻。

《四库提要》于《梅村集》，谓其杂文间骈俪于散体之中，不古不今，深致弗满。今按，牧斋杂文已作此体，梅村特与为赓和耳，非其所自创也。予于《有学集》，最爱其《赠黄皆令》一序，爰录于此，以备画苑遗闻。

绛云楼新成，吾家河东君邀皆令至。研匣笔床，清琴柔翰，挹西山之翠微，坐东岩之画障，丹铅粉绘，篇什流传，中吴闺闼侈为盛事。南宗伯署中闲园数亩，老梅盘拿，奈子花如雪屋。烽烟旁午，诀别苍黄，皆令拟河梁之作，河东抒霖雨之章。分手前期，暂游小别，迄今数年往矣。今年冬，余游湖上，皆令侨寓秦楼，见其新诗骨格老苍，音节顿挫，云山一角，落笔清远，皆视昔有加，而其穷亦日甚。湖上之人有目无睹，蝇鸣之诗，鸦涂之字，互相题拂，于皆令莫或过而问焉。衣帔绽裂，儿女啼号，积雪拒门，炊烟断续，古人赋士不遇，汝亦有焉。吁，其悲矣！沧海横流，劫灰荡扫，留署古梅老奈，亦犹夫上林卢橘，寝园樱桃，斩刈为樵薪矣。绛云图书万轴，一夕煨烬，与西清东观，琅函玉轴俱往。红袖告行，紫台一去，过风□而留题，望江南而祖别。少陵堕曲江之泪，遗山续小娘之歌。世非无才女子，珠沉玉碎，践戎马而换牛羊，视皆令何如？皆令虽穷，清词丽句，点染残山剩水间，固未为不幸也。河东湖上诗："最是西湖寒食路，桃花得气美人中。"皆令苦相吟赏。今日西湖追忆此语，岂非穷尘往劫？河东患难洗心，忏除月露，香灯禅版，净侣萧然，皆令盍归隐乎？当属赋诗以招之。

牧斋文指斥本朝处较诗为少，而词意之狂悖抑又甚焉。其《赠愚山子序》略云：

愚山子以地师游人间，嘉定侯广成久殡未葬，愚山子叹曰："安可使忠臣之骨露暴腥秽？"蹑屩二千里相视吉壤，哭奠而去。访余小阁，余乃告之曰：“佛言南印度为象主，东支那为人主，西波斯为宝主，北猃狁为马主。吾彝考之，唯南、东二主而已，他非与也。印度为梵天之种，佛祖之所生。支那为君子之国，周礼之所化。南曰月邦，东曰震旦，日月照临，礼教相上。波斯轻礼重货，猃狁犷暴忍杀，区以别矣。安得曰葱岭以西俱属梵种，铁门之左皆曰胡乡？既指蕃□为佛国，将点梵亦滥胡名。九州十道，并为禹迹；燕代迤北，杂处戎胡。厥后茹血衣毛，奄有中土，肃慎孤竹，咸事剪除，皆马国之杂种，幽冀之部落。东之逼于北也，东之劫也。南居离位，东属震明，为阳国；西北则并为阴国，今俨然称四主焉，何居？阴疑于阳必战，《大易》所以有忧患也。此地理之当明者一也。一行谓山河之象存乎两戒，北戒自三危、积石，负地络之阴，乃至东循塞垣，抵濊貊、朝鲜，是谓北纪，所以限戎狄也。南戒自岷山、嶓冢，负地络之阳，乃东循岭峤，达东瓯、闽中，是谓南纪，所以限蛮夷也。自晋以前，秦洛为中夏，淮楚为偏方，南纪微而北纪独尊。自晋以降，幽并则神州陆沉，江东则一州御极，北纪溃而南纪犹在。我国家受命钟祥，实星纪斗牛之次。洪武中诏修清类分野书，以斗牛吴越分为首，而尾箕幽燕之分，尽辽东三韩，最居其后。以是为云汉末派，龟鱼之所恶，而北纪之所穷也。此地理之当明者二也。其一匡辨谓犬戎、山戎皆为北狄。戎狄种类繁多，狄有赤狄、白狄，戎有九姓八国，各以所据地为号，实皆匈奴别种。北狄种有二，狎狁荤粥之属，世居阴山幕北，是为北匈奴。山戎自周末孤竹失国，窃居其地。故燕北有东胡，胡有东北，犹单于之有南北二庭，其实一也。春秋时山戎最强，齐桓伐山戎而九夷皆服。今北平之东，自元之辽东大宁，尽辽水之阳，皆孤竹山戎故地。汉末匈奴北遁，鲜卑强盛，其别种为库莫奚契丹。而阿保机之兴也，在白狄故地，今之大宁也。阿骨打之兴也，在肃慎故地，今之开平也。契丹为鲜卑遗种，金源又为契丹杂种，并居山戎挹娄故地，则皆东胡耳。开辟以来，为中国患者，狁狁、山戎而已矣。狁狁之祸，至蒙古而极。山戎之祸，至黑水靺鞨而极。大矣哉！齐桓之伐山戎也。”

全集诸文，唯此二篇最为刺目。窃怪当时文网之密，何以竟敢劂剞流传。后读世祖章皇帝天语有曰：“明臣而不思明者，必非忠臣。”大哉王言！乃知当时文字之祸，因此而能释者正自不少。虽然，故国之思可也，立乎人之本朝，而负恩反噬，如对仇雠，则悖逆耳。使乾隆中无焚禁之举，则东涧一老居然与亭林、南雷诸公并称遗民矣，何以教忠而示后耶？

佟氏当胜国末造，为辽左巨族。本朝开国之初，首先效顺，旗常钟鼎，赏延奕祀。今以《牧斋集》考之，则佟氏在当日未尝不效忠于明。特朝中党人以其为熊襄愍所用，欲倾襄愍，不得不坐佟氏以谋叛之罪。迨佟卜年以私拜金世宗墓坐罪死狱，而佟氏举族东奔，襄愍以辽人复辽地之策遂成画饼，而东事乃不可为矣。此事关系兴亡大局，而诸书俱不详其始末。牧斋《幽愤集叙》一篇，其文亦慷慨激昂，不可以其人而废之也。序略云：

《幽愤录》者，故登莱佥事观澜佟公绝命时自著幽愤先生传，其子今闽抚国器，集录以上史馆者也。东事之殷也，江夏公任封疆重寄，一时监司将吏皆栀言蜡貌，不称委任。佟公为诸生，筹边料敌，慨然有扫犁之志，江夏深知之。当是时，抚清抚顺、清河两堡。虽熸，辽沈无恙。以全盛之辽，撼新造之建，以老罴当道之威，布长蛇分应之局。鹬蚌未判，风鹤相疑，传箭每一日数惊，拂庐或一夕再徙。公将用辽民守辽土，倚辽人办辽事。赦胁从，招携贰，施钩饵，广间谍，肃慎之矢再来，龙虎之封如故，经营告成，岂不凿凿有成算哉！天未悔祸，国有烦言，奸细之狱罗织于前，叛族之诛瓜蔓于后，而辽事决不可为矣。呜呼！批根党局，假手奄官，借公以螫江夏，又因江夏以剪公，此佥人要路，所为合围掩群，惟恐或失者也。杀公以锢佟氏之族，锢佟氏以绝东人之望。于是乎穹庐服匿之中，望穷瓯脱；椎结循发之属，目断刀环。翕侯、中行说之徒，相率矫尾厉角，勠力同心，以致死于华夏，盖自群小之杀公始。

国器以开国勋臣，出据使节，牧斋为之撰文，顾略不顾忌讳如此，亦可藉观当时汉军之心理矣。

香冢、英武〔鹦鹉〕冢

都城南下洼陶然亭之东北有香冢焉，孤坟三尺，杂花绕之，旁竖一小碣，正书题曰：

浩浩愁，茫茫劫，短歌终，明月缺。郁郁佳城，中有碧血。碧亦有时尽，血亦有时灭，一缕香魂无断绝。是耶非耶？化为胡蝶。

无姓名题署，不知为何人。或曰："曲妓有蒨云者，与某生情好綦笃，已誓白头之约。生素贫，鸨贪甚，无以为聘。一大腹贾见蒨云，艳之，以千金啖鸨，将纳为侧室。鸨羡其赀，受之，蒨云遂自刭死，碑即生所竖也。"或又谓："某生素负才名，数应京兆试，不得一第。愤而绝意进取，举其历试落卷瘗之于此，而系之以铭。"碧血香魂悉寓言耳。

香冢之北，有英武〔鹦鹉〕冢，视香冢略低，亦有碑，作八分书，为粤人某君作。某君宦京师，自粤中携一白英武〔鹦鹉〕，慧甚，能诵诗歌曲。死而瘗诸香冢之侧，从其类也。其词亦哀艳，惜未录存。

梦　异

《周礼》有占梦之官，其术不传。虽神话时代之旧术，然必有精理奥义，为哲学家所当探索者。吾国人向以梦之休祥为后事之征验，自西士脑筋留影之说出，而旧说遂绌。然以蒙所闻，实有能见未来事者，精神上之作用必有其所以然，今魂学尚未昌明，故莫能言其故耳。癸巳夏，余旅居京师，一夕忽梦覆车，惊而寤，心血犹跳荡不止。次晨入城，果覆于正阳门外，车旁所见，宛然梦中景象也。脑筋留影之说岂足以概之乎？

吾国人向以科第为第一事，故梦之属此类者甚夥，然大抵小说家附会缘饰之辞，十八九非实录，惟有两事最为翔实。徐尚书用仪、钱尚书应溥咸丰朝同直军机，同应京兆试。场后，徐匿其稿，钱数索观，终不肯出示。一夕，钱忽梦读闱墨，徐名在焉，梦中读其文而识之，醒后竟一字不遗。次早入直，为徐述之，徐大骇。或曰："是必钱君窃窥君稿，故以为戏耳。"然徐自言场中实自焚其稿矣。数日榜发，果如钱言。

同治乙丑会试，吾师蕲州李百之先生士彬中第三名。榜前有丁士彬者，梦观榜礼部门外，己名在第三，惟其姓字独小，且较他人略低半字，不解其故。及榜发，竟落第。十余日后，入城经礼部门，榜犹在，因趋近观之，则第三名"李"字之上半为雨所淋，仅存其下半之"丁"矣，乃大骇。丁与师故不相识，次日乃寻至师寓所，以梦告之，相与叹咤不置。

前一事闻诸徐尚书之戚某君，后一事则吾师自言之。

洪大全遗事

洪秀全之党，才略以洪大全为最。杨秀清号善用兵，然远逊大全。秀全未出粤西，而大全遽就擒伏诛，天也。

大全籍湖南衡州，与洪逆本非同族。幼绝慧，九龄能背诵十三经，兼工诗词。长益自负，屡应童子试，辄被黜，遂落拓怀异志。自赵金龙平后，粤湘间盗贼并起，大小数十股，大全遍谒其魁，阴察无可与言者。闻秀全起金田，所为与群盗殊，因往谒之，与联宗谊。秀全亟加倚任，且大全乃为之定营制，整军律，陷永安而守之。而杨秀清忌其才，积不相能。会官兵攻永安急，大全一日微服出城，遽被擒。大帅张其事以奇捷奏，令随营主事丁守存献俘于京师。城贼出悍卒千人谋夺之，广西抚臣邹鸣鹤飞书促守存兼程前进，行七日抵全州。丁以大全衡产，必有贼党谋篡取者，乃阳称将舍舟登陆，檄诸州县驿站拨兵护送，而阴由水路昼夜兼行，置大全内舱，塞其窗无少隙，又八日而抵长沙。大全不知船行之速，日语兵役曰："某日当抵衡，便可遵陆矣。"兵役漫应之。至是乃绐之曰："已到衡矣。"大全欣然出舱四顾，骇然曰："此长沙也，不谓汝辈竟能绐我至此，吾其休矣。虽然，秀清竖子不从吾言，终亦成擒耳。"

石达开之日记

洪秀全诸将兼资文武者，洪大全而外，惟翼王石达开。其上曾文正七律五首，前已载《新民丛报》中。达开之入蜀也，意欲由川南袭成都。宁远府万山中有一鸟道，亘古榛芜，未通人迹。由此北行，出山，即在成都南门外矣。达开侦得此路，轻骑趋之，会辎重在后迷路相失，士卒皆饿莫能兴，遂坐困，致为土司所获。达开在狱中述其生平事迹，及洪逆作乱以来与官军相持始终胜败得失之由，为日记四册，纪载最详。今其书犹存四川臬司库中，藩库亦存副本。官书纪载用兵时事，率多为官军回护，掩败为胜，迥非当时实录。昔李秀成被获后，手书供词凡七八万言，为曾军幕下士删存十之三四，计其关系重要之语已芟剃尽矣。达开此书倘有人录而传之，其有裨史料者当不少也。

吴三桂之逆迹

吴三桂之请援于我朝也，与其父襄书曰："父不能为忠臣，儿自不能为孝子。"岂不皭然大义之言？今观明内监王永章陷贼中所著《甲申日记》一书，中载三月十九后三桂与襄诸书，置君亲于不顾，唯拳拳于陈妾一人，真所谓狗彘不食者。乃知世所传前书两语，皆乱贼矫诬文过之辞耳。记云：

四月初一日，吴襄缴到三桂廿二书云：按：此时襄已降闯，所谓"缴到"者，即缴之于闯也。"闻京城已陷，未知确否？大约城已被围，如可迁避出城，不可多带银物，埋藏为是。并祈告知陈妾，儿身甚强，嘱伊耐心。"

第二书云："得探报，京城已陷，儿拟即退驻关外，倘已事不可为，飞速谕知。家口均陷贼中，只能归降。陈妾安否？甚为念。"

第三书廿五日发。云："接二十日谕，知已归降。欲保家口，只得降顺，达变通权方是大丈夫。惟来谕陈妾骑马来营，何曾见有踪迹？如此轻年小女，岂可放令出门？父亲何以失算至此？儿已退兵至关，预备来降，惟此事实不放心。"

第四书廿七日发。云："前日探报陈妾被刘宗敏掠去，呜呼哀哉！今生不能复见。初不料父亲失算至此。昨乘贼不备，攻破山海关一面，已向清国借兵，本拟长驱直入，深恐陈妾或已回家，或刘宗敏知系儿妾，并未奸杀，以招儿降。一经进兵，反无生理，故飞禀问讯。"

第五书云："奉谕陈妾安养在宫，但未有确实之说，究竟何来？太子既在宫中，曾否见过父亲？既已降顺，亦可面奏说明此意，但求将陈妾、太子两人送来，立刻降顺"云云。

以此诸书观之，梅村所谓"冲冠一怒为红颜"者，真诗史之言也。

三桂初犹有拥立太子之议，所谓义兴元年者是也。暨闻闯以圆圆侍太子，大愤，其议遂罢。此即梅村诗所未尝及，而国初诸老逸史亦未有能言其故者，今悉在永章《日记》中。当时目击所录，必得其真。亟录传之，亦足以广异闻也。记云："三月二十日，贼在田皇亲家搜得太子、定王以献，闯令入宫。廿一日封太子为宋王，定王为安宅公。四月初六日发檄与三桂云：'太子好好在宫，汝莫想借他为由，朕已封为宋王，将尔等妻女与他奸淫，以泄崇祯之忿。'初九日下伪诏，亲征三桂，十二日起程，太子、定王、代王、秦王、汉王、吴陈氏、吴氏、吴氏、吴李氏、伪后妃嫔皆从行。吴陈氏即圆圆，两吴氏皆三桂妹也。廿五日战于一片石，闯大败，退入关。太子与圆圆遂皆至三桂军中。廿六日闯又为《誓书》与三桂云：'大明朝义兴皇帝使监国大学士平南王吴三桂、尚义伯总兵官唐通，大顺朝永昌皇帝使兵政府尚书王则尧、张若麒，于甲申四月廿二日立誓于山海关。自誓之后，各守本有疆土，不相侵越。大顺朝已得北京，准于五月初一日交还大明朝世守，财货归大顺，人民各从其便。如北兵侵掠，合力攻击，休戚相共。有渝此盟，天地殛之。'廿八日牛金星揭吴三桂告示两通，一列'监国大学士平南王吴'衔，下书'义兴元年四月廿四日'。一列'平西亲王吴'衔，下书'顺治元年四月廿六日'，印文亦两歧。闯曰：'大约我胜则与我和，清胜即与清合。彼诱得太子、陈氏便尔背盟，实非人类。’立擒吴襄及家口十六人斩于市。廿九日闯登极，三十日率诸贼退出京师。五月初一日接太子手敕，以初三日入都为大行皇帝、大行皇后举行大事，末署‘义兴元年四月廿六日’。正拟具本明日入奏，忽传太子已至城外，王德化亟备车驾卤簿至朝阳门迎驾，永贞在内预备”云云。此下遂无一字，其如何变局，则不可得而知矣。

按：诸书皆言闯挟太子、二王西走，未尝有归诸三桂之说。果尔，则北都公主所见，与南都所谓王之明者，信哉其为依托矣。然亦安知非闯贼以是系三桂及中原士大夫之心，而伪封一人以乱观听乎？逸民某君所为《木居士愤言》，谓：“方太息此举之不成，而致慨于有明一朝兴废，实系圆圆一人。”则非惟堕三桂之欺，抑且为闯所笑矣。圆圆本姓邢，生时有群雉集屋，众因呼为“野鸡”。其姨氏陈，俗所谓“养瘦马”者，圆圆母殁，遂依陈，因从其姓。此亦诸书所未及者。

戈登遗言

英将戈登曾立功中国，隶李文忠麾下者十余年。后归国，死事埃及。吾国士大夫语及戈，以为不如华尔。然华不过一战将，弋则具有文武才略。且其人实忠于吾国，不可没也。其归国时当光绪六年，尝上书文忠论外交、军事甚悉，皆荦荦大端。使早从其言，何至有后来丧地失权之祸？不幸而戈所深戒者，吾事事莫不蹈之。今距戈去时甫三十年耳，而每下愈况，遂至此极。戈登有知，应亦自叹其言之不幸而中也。戈所陈十策，为撮其要于下：

一、中国与外国议约，当在中国开议。按：吾国与各国立约，蹈此戒者实不可胜数，马关一约尚不在内。

二、与外国议约，须多用文字，少用语言。文书以简明为贵，或先将其意暗询别国。因各国互相猜忌，若某款吃亏，必为指出。按：此策十年以前犹可用，今则均势之局已定，协以谋我，虽此策亦无所用矣。

三、中国一日不去北京，则一日不可与人开衅。因都城距海口太近，无能阻挡，此为孤注险着。按：此条蒙颇不谓然。虽然，旅顺、威海之不守，戈固先见之矣。

四、陆军无劲旅，则水师无退步。今宜先练陆师，再练水师。

五、所购船炮甚为失计，当时若以购船炮之款尽购新式枪，较为有益。俟陆军练成劲旅，再购船炮。按：此二条今之海军大臣听者。

六、中国有不能战而好言战者，皆当斩。

七、应多方帮助华商出洋径向制造厂购货。

八、总税司宜驻上海，专管税务，不令搀越他事。若与外国公使议事，不宜令局外之洋人干预。按：后来赫德权力之膨胀，孰实使之？衮衮诸公不惟负国负民，抑且无以对戈登矣。文忠在总署时，不喜与赫德商榷国事，殆犹未忘戈登之戒欤？

九、当责成出使大臣承办外洋军火，如与各国公使谈论有不谐之处，当令出使大臣在外商办。按：十条中惟此条无关紧要。

十、亟宜设税务学堂，令华人习学关税事宜，以备代替外人。薪水宜照外人例优给。按：赫德总榷政以来垂五十年矣，而此条竟无人议及者，尚何言哉！

丁韪良被骗

西人旅居中国者，其机械变诈往往有出人意料之外，以余所闻德贞骗丁韪良事，其一端也。丁韪良为同文馆总教习十数年，于吾国官场惯技揣摩纯熟，恭、庆两邸及总署诸堂官皆与之相得。丁为人小廉曲谨，自教授外，公私外交一无所干预，故华人皆乐就之。德贞者，英人也，精于医，为人捭阖有机智。光绪中叶，西人之来华营路、矿者皆以德为主谋。德亦广交游，结纳权贵，大奄、名优、王公、贵戚无不得其欢心。与丁为莫逆交，丁乃援之入同文馆，充医学教习。同文馆定例，总教习月薪千金，各科分教仅三百金而已。德之婿欧礼斐者，略谙普通学，来华依其岳，谋一席地。德荐诸赫德，使为圉人长。欧见总教习之获多金也，羡之，欲去丁而篡其位，谋诸德。德颔之曰："当徐图之，勿汲汲也。"又半岁，丁忽肩上生一瘤，延德诊视，德视之曰："无妨也，不数日愈矣。"语毕，背而拭其睫，作饮泣状。瞥为丁所见，固问之，德乃惨然曰："吾二人交好如弟昆，吾见君得此危疾，不忍以实告，而又不禁其心之痛，不图乃为君所觉，今不得不以实告矣。此证无生法，吾力能保百日，百日以往，药饵无能为矣。为君谋，不如急请假归美。用吾药，犹能抵家，与妻子相见也。"丁如其言，匆匆请假行，未抵旧金山，疾已霍然矣。抵家后，竟不复发。方讶德之妄言，谋束装作西渡计。忽得友人书，则欧礼斐已屑〔膺〕关聘，坐皋比，月享千金矣，始悟德之赚己也。实则欧于普通学外，诸科学未谙门径。故事，总教习必通各国语言文字，始能稽核课程，欧则英文外一无所知也。及丁再至华，德已前卒矣。

赫承先求应乡试

赫德仕中国五十年而不入国籍，不易章服，且仍食本国男爵之俸，亦创例也。赫之子名承先，酷慕中国科第之荣，其父及为延名师，教为制艺。京师人有见其课稿者，饱满畅达，居然二十年前好墨卷也，试帖楷法亦端谨不率。癸巳万寿恩科，必欲援金简故事，以内务府籍应试。执政者顾坚不许，赫嬲弗已，乃藉庆典恩数，赏以三品衔候选道，而卒不许其应试。一时翰苑中人皆失望懊恼，盖承先果入场，则必无不中，中后贽敬必可获巨万也。吾国外交上有至不可晓者，国权所系，轻以予人，绝不少惜，独此等虚荣所在，乃竭力以争之，可谓不识轻重矣。

黄靖南遗事

明靖南侯黄得功，微时豢鸭为生，每日辄少数鸭，久之，几尽。黄怒，涸水踪迹之，于塘底得一巨鳝，粗如盎。烹而食之，体貌顿改，为伟丈夫，勇力绝伦，遂习武。然贫不能应试，日为人策蹇。时杨龙友文骢甫乡捷，由黔入都，至浦口，雇黄驴北行。中途遇劫贼六人，龙友本娴骑射技击，方谋抵御，黄遽大呼："看我杀贼。"从驴背跃地，一手率〔牵〕驴，一手持行囊扑盗。盗大惊，急止之。黄不顾，扑如故。盗下马罗拜，呼曰："公真大英雄，我辈愿拜下风矣，勿失义气。"黄乃至〔止〕。因共邀黄入伙，坚拒之，贻之金，又不受，请姓名，亦不答，盗遂拱手去。杨奇其勇义，因与约为兄弟。南归，言之马士英，士英为之婚娶，延师教以兵法。及督凤阳，拔为亲将，遂建功河北，为明季名将。

诗钟汇录三则

诗钟之作，近世极盛，有笼纱、嵌珠两格。笼纱者，取绝不相干之两事，以上下句分咏之者也。嵌珠者，任取两字，平仄各一，分嵌于第几字者也。笼纱易稳而难工，嵌珠难稳而易工。近时多尚嵌珠，鄙意颇不喜之。

都中相传有分咏杨贵妃及煤者云："秋宵牛女长生殿，故国君王万岁山。"超脱悲浑，当为极格。朱彊村侍郎咏山谷、蠹鱼云："诗派纵横不羁马，书丛生死可怜虫。"李西沤咏宝剑、崔双文云："万里河山归赤帝，一生名节误红娘。"或咏魁星及承尘云："常将彩笔干牛斗，不见空梁落燕泥。"

有人仍用上题，而魁星手中不持笔而持元宝者云："文章自古须钱买，台阁于今半纸糊。"《史记》、白糖云："传世文章无碍腐，媚人口舌只须甜。"数联皆极超隽。

此体闽人最工，魁星、承尘两联皆闽人也。郑太夷尝言，福州某社出"女花"两字，用嵌珠格，因字面太宽，限集唐诗，其前列三人皆极工。一云："青女素娥俱耐冷，名花倾国两相欢。"一云："商女不知亡国恨，落花犹似坠楼人。"一云："神女生涯原是梦，落花时节又逢君。"此所谓文章天成，妙手偶得者耶？有人欲撰联嵌"雪珠"两字，倩太夷为捉刀者。太夷应声曰："雪肤花貌参差是，珠箔银屏迤逦开。"二语皆在《长恨歌》，尤极自然。鄙人尝有咏老将及避债云："三辽独立频看剑，一代孱王尚有台。"又乌江及革命党云："渡此更将何面目，误人无限好头颅。"自谓颇能浑脱。

又适士来书云："庚子、辛丑间，海上某报发起诗钟社，一时名句颇多。或咏醉蟹、情丝云：'浊世不容公子醒，春秋多为女儿牵。'又一联云：'一世横行终入瓮，七襄苦织不成章。'皆极超浑。上句皆有寄托，'浊世'句敦厚温柔，尤得风人之旨。惜不知作者姓氏，为耿耿耳。"嵌珠难稳而易工，良然，顾其佳者亦正可讽。丁未旅粤，暇辄从朋辈为诗钟之会。一日拈得“臣满”二字，用嵌珠中之虎头格，虞和甫观察云：“臣门车马登龙日，满屋图书伏蠹年。”虞固闽人，所作均以工整胜，此其一斑也。又况晴皋大令云：“臣门冷落容罗雀，满地凄凉怕听鹃。”陈伯澜刺史云：“臣心常与葵同向，满鬓羞将菊乱簪。”自然名隽，较虞尤胜。又用燕颔格嵌“屋心”二字，伯澜云：“老屋欲倾松作柱，禅心未定絮沾泥。”用鸢肩格嵌“人南”二字，晴皋云：“杜陵人日凄凉甚，庾信南来感慨多。”陈少蘅大令云：“天上人间今夜月，北征南下隔年霜。”又陈埙伯大令用虎头格嵌“臬珠”二字云：“臬逐不妨来海上，珠还何日返天南？”皆佳句也。拙作“臬珠”云：“臬如兰惠交如水，珠辟尘埃玉辟寒。”又“千土”二字用蜂腰格云：“隔院秋千杂丝竹，东华尘土梦觚棱。”嗜痂者以为后一联感喟苍凉，别有怀抱。然视以前诸联，则瞠乎后矣。

隐语汇录

隐语始春秋时，其后流为灯谜，遂为文词游戏之一种，至近时而益工。佳者必表里皆现成语，两不相涉，而恰能传神阿堵中者，斯为上乘。若徒以字面关合，或更乞灵僻典，纵极工巧，要不免笨伯之诮矣。昔人谓："诗有别才，非关于学。"若谜语者，殆纯恃别才者矣。二十年前，京师此风最盛。

昔潘文勤尝以"臣东邻有女，窥臣已三年矣"射唐诗一句，縢以古吉金数事，直可数百金。出月余，竟无人敢问津者。后为江南一士人所射得，盖"总是玉关情"一句也。运实于虚，斯真能传神阿堵中者矣。

余所闻佳谜不下百余条，今不能记十之二三矣。雨窗独坐，偶忆及数条，汇录于此。"王太监遗容"射唐诗一句："承恩不在貌。""聋子的耳朵也是个样子"此京师谚语。射《毛诗》一句："不闻亦式。"以"也是"两字扣"亦"字，运思之巧，真匪夷所思。"分明摩诘印章，为何颠倒残缺至此"射《毛诗》一句："维王之邛。""岂曰小补之哉"射《周易》一句："大无咎也。""忧字"射《毛诗》三句："惟其优矣，人之云亡，心之忧矣。""虚帐不必实付"射唐诗一句："花开堪折直须折。"

咸丰朝以制钱缺乏，京师尝行钞票，既而价渐低落，至不能直半价，户部犹不肯废罢。而入市买物，无人肯收受者，相率以此充戚友婚丧之馈遗品。京师人谓之曰红白分子。有以此为表，射《毛诗》"云不可使，得罪于天子。以云可使，怨及朋友"四句者，此真文章天成，妙手偶得者矣。谜语有最可发笑者，“玉皇神牌”射《毛诗》一句：“上帝板板。”“秀才一卓”射《礼记》二句：“其数八，其味酸。”“红罗双绣凤头鞋”射《毛诗》一句：“赤舄几几。”“娇的的越显红白”射唐诗一句：“桃花带雨浓。”“一声声是衣宽带松”射元人名“脱脱”。此条有以“我将你钮叩儿松，我将衣带儿解”两句为谜面者，不如此句之得神也。

铁路输入中国之始

同治四年七月，英人杜兰德以小铁路一条，长可里许，敷于京师永宁门外平地，以小汽车驶其上，迅疾如飞。京师人诧所未闻，骇为妖物，举国若狂，几致大变。旋经步军统领衙门饬令拆卸，群疑始息。此事更在淞沪行车以前，可为铁路输入吾国之权舆。

乞食制府

乾嘉间有某制府者，八旗人也。盛时，僮仆、姬侍、服饰、饮食、玩好之物穷极奢丽，日费不赀。及和珅败，制府亦牵累罢官，数年后穷窭不堪，遂至乞食市上。王公贵人皆严绝之，惟朱文正公戒阍人勿却，每旬日必一至，文正辄手持青蚨二百赠之。一日又至，值书室无人，因窃取小镜，怀之而出。后遍觅不得，诸仆喧言制军顷实来此，文正戒勿声言，如再至者，惟伺候侍茶，毋令独在室中而已。按：此似富勒浑事。

时艺余谈

康熙、雍正以前，功令未严，格式未备。生童应小试，尚无试帖，仅四书文一篇而已。江苏为人文渊薮，相传昔学政有以快、短、明三字衡文者，大抵缴卷愈快愈妙，篇幅愈短愈妙。题纸一下，不容构思，振笔疾书，奔往投卷。取额一满，则不待终场辄出案。往往考生犹据案推敲，忽炮声隆隆，鼓吹聒耳，则红案已出矣，乃皆踉跄不终卷而去。

一日，试题为“山梁雌雉”，有一生文仅十六字，曰：“春秋绝笔，西狩获麟，乡党终篇，山梁雌雉。”榜发，竟冠其军。又一日，题为“孟之反不伐”。一生文曰：“不矜功，良将也。夫伐，情也，反不然，良将哉？春秋时不伐者二，一介子推，一孟之反。子推不贪天功以为己力，之反不假人力以为己功。吁，良将哉！”又拔冠其曹。评语谓其仅五十五字，而全篇规模已具，盖隐然两大比格也。

又有塾童五六人同赴试，一送考之佣工年过四十，盖亦读书未成，辍读而耕者也。好论文，贪饮食，偶见诸童文，辄从而指摘之。诸童使具酒食，每先自饮啖，诸童疾之甚，相与谋曰：“彼喜自炫其能，当思有以困之。”乃用佣姓名密为购卷，俾携考具相随，若为送考者。既唱名，一人在佣后代应，而推之使前，佣不得已，接卷入，笑曰：“若辈欲困我耶？我当有以间执其口。”是日题为“夫微之显”。佣忆少时在塾曾读此题旧文，小讲下既承上文，即接笔曰：“夫然而微矣，夫然而显矣。夫然而微之显矣。”提比后用复笔，后比末之结笔亦如之。因抄袭人文，而其它皆不知作何语也。遂首先交卷，学使见三复笔，即提笔密圈，不暇细阅他处，竟拔取冠军，诸童皆丧气而返。

又乾嘉之际汉学大行，有能以纬书及汲冢书《穆天子传》等书入文者，辄获上选。黠者因伪撰典故以蒙试官，试官欲避空疏之诮，不敢问也。江左某生，素滑稽，值彭文勤校试，某生亦赴试。场期前一日，偶与同院生出游，道旁两槐，浓荫蔽日，中一井，井畔有石，喜其清润，因坐石上倾谈。某生忽有悟曰：“此本地风光，即吾明日场中文料也。”同院生犹哂之。次日入试，榜发，果冠军。索试卷观之，小讲起语即曰“且自两槐夹井以来”云云，以下皆杜撰语，而评语极赏其典奥。

术士能代人饮食

顷读渔洋《池北偶谈》，载其叔祖季木吏部家中有一方士，能代人饮食，其人自饱。亦往往令人代食，至溲溺亦如之。渔洋必非妄言者，然则催眠一术，吾国人二百年前已有能通其学者矣。

马士英玉佩

桂林王幼遐给谏尝得玉佩一事，长二寸弱，宽半之，盘螭宛转，中刻“瑶草”二字，疑为马士英故物。因赋《念奴娇》一阕纪之，词云：

梦华遗恨，话南朝影事，维〔谁〕教玉碎。漫拟苕华镌宛转，腹草家瑶云尔。制想牙牌，臭余腰玉，名字参差是。沙虫江上，未随尘劫轻委。　　赢得图画漂零，玉瑛涂抹，辱及桃根妓。扇底曾窥名印小，篆势般般曾记。射马谣新，用牛语谑，尘垢难磨洗。梅花冠剑，只今光照淮水。

按：《画征录》瑶草画法倪、黄，颇足与思翁、龙友肩随，为人所累，遇者咸弃弗顾。书画贾人因增其姓名为冯玉瑛，谓明末南都妓女，始有人肯购者，故有“辱及桃根”之语。给谏又藏士英画扇，俪以“周宜兴书”，扇底名印即指此也。相传浙中军败，士英召其妻高夫人至，使自裁。高问：“汝将何为？”曰：“吾将披剃入山，栖某寺耳。”高恚曰：“汝尚不肯死，乃令我死耶？”士英固迫之，高怒，闭门大诟，士英惘惘出门去。俄而大兵至，大索士英不得。高闻之，乃赴军门，自言知士英所在，导官军入山，径趋某寺，士英遂被擒。

跋

右《春冰室野乘》一卷，咸阳李孟符岳瑞著。孟符为敬恒太史之子，幼承家学，又久从刘古愚先生游，博极群书，诗、古文、词均有法度。通籍后，以工部郎为译署章京，习闻国故朝典，故论事尤深识体要，此编特著述之一斑而已。其述一朝轶事，似温国《涑水纪闻》、释文莹《玉壶野史》；随事标题，不分时代，略如叶绍翁《四朝闻见录》；多记诸名公逸闻，又类礼亲王《啸亭杂录》。惟啸亭天潢近胄，语多颂扬，此则据事直述，论剂于平。后半多录同时人诗词，更近陈世崇《随隐漫录》。间及谐趣，益人神智，不涉因果，不谈鬼神。固宜其书一出，沪滨纸贵。国变以后，锓版已至六次之多。惜展转传抄，坊本讹字太夥，兹复详校重印之，亦近世得失之林也。

民国二十五年十二月校

长安　宋联奎

蒲城　王　健

兴平　冯光裕